Karl Oberleitner

Behram

Trauerspiel in fünf Aufzügen

Karl Oberleitner

Behram
Trauerspiel in fünf Aufzügen

ISBN/EAN: 9783744632331

Hergestellt in Europa, USA, Kanada, Australien, Japan

Cover: Foto ©Andreas Hilbeck / pixelio.de

Weitere Bücher finden Sie auf **www.hansebooks.com**

Behram.

Trauerspiel in fünf Aufzügen

von

Karl Oberleitner.

Alle Rechte vorbehalten.

Wien.

Alfred Hölder,
k. k. Hof- und Universitätsbuchhändler.

1881.

Personen.

Hormisdas IV., König von Persien.
Khosrav, sein Sohn.
Behram Cobin, oberster Feldherr.
Sahak, Oberst.
Bindui, Höfling.
Parmuda, Schatzmeister des Königs.
Baven, Vardan, } Edle des Reiches.
Menon, ein Grieche.
Sira, eine Griechin.
Ein Kaufmann.
Mirtha, seine Tochter.
Ein Goldschmied.
Ein Diener Khosrav's.
Ein Diener des Königs.
Ein Anführer der Leibgarde des Königs.
Bürger und Bettler von Ktesiphon. Höflinge und Edle des Reiches. Leibgarden des Königs. Krieger Behram's und Khosrav's.

Die Handlung spielt zu Ende des VI. Jahrhunderts in der Hauptstadt Persiens, in Ktesiphon und in der Umgebung.

Erster Aufzug.

Wald. Im Mittelgrunde eine Quelle.

(Zaven und Vardan treten auf.)

Zaven.

Hier an der Quelle blüht der Rosenstrauch,
In dem versteckt der Prinz die Griechin sah.

Vardan.

O warne das beklagenswerthe Mädchen,
Daß es nicht seinen süßen Worten glaubt.

Zaven.

Er ist von Sira's Schönheit hingerissen.
Wenn sie ihn liebt, dann wird sie ihn auch fesseln.

Vardan.

Der Prinz brach jeder Schönen noch den Eid;
So wird auch dieses Abenteuer enden.

Zaven.

Die Neigung, die ihn jetzt ergriff, ist edel,
Wird seinen Flattersinn sehr bald besiegen.

Vardan.
Bist Du davon auch überzeugt?

Javen.
Sein Schweigen, —
Sein Zaudern, der Geliebten sich zu nahen, —
Dann wieder seine Sehnsucht, sie zu sehen,
Verrathen das Geheimniß seines Herzens.
Der Uebermuth, das stürmische Verlangen, —
Erweckt und auch genährt von der Begierde,
Entwichen vor dem mächt'gen Liebeszauber, —
Vor der Begeisterung des Liebenden.

Vardan.
O möchte Khosrav Dich nicht wieder täuschen.

Javen.
Er wird, von tiefer Leidenschaft erfaßt,
Zum Manne reifen, nach dem Schwerte greifen,
Im Bunde mit den Edelsten des Reiches
Die Macht des schlauen, stolzen Günstlings brechen.

Vardan.
Fürwahr, es drängt die Zeit zum raschen Handeln,
Soll uns die Fluth des Tigris nicht verschlingen.
Wer zählt die Opfer, die auf Behram's Rath
Der König in den Strom versenken ließ.

Javen.
Wir selbst sind schuld, daß er empor sich schwang
Und aus der Gunst des Königs uns verdrängte.

Der Zwist, der uns're Kraft zersplitterte,
Gab ihm den Muth, die Schwachen zu bekämpfen.

Vardan.

Noch sind wir nicht dem Untergang geweiht.

Javen.

In Khosrav ist der Führer jetzt gefunden,
Der uns vereint und uns zum Siege führt.
Der Prinz kann uns und auch den König retten.

Vardan.

Der Herrscher darf dem Behram nicht vertrauen?
Er schätzt ihn doch so hoch.

Javen.

Er fürchtet ihn.

Vardan.

Den Sieger, der auf's Haupt die Türken schlug,
Das Leben und das Reich ihm rettete?

Javen.

Der Waffenruhm erhöhte Behram's Macht;
Die Krieger wollen jetzt nur ihm gehorchen.

Vardan.

Das Heer steht noch gerüstet an der Grenze?
Befahl der König nicht, es aufzulösen?

Javen.

Er that es nicht.

Vardan.
Er ward nicht angeklagt?

Javen.
Der König rief den Trotz'gen an den Hof,
Der Feldherr kam, sich zu vertheidigen, —
Dem Höfling reichte man den Siegeskranz.

Vardan.
So sind sie ausgesöhnt?

Javen.
Dies glaubt das Volk.
Wohl heuchelt Behram Treue, reicht zum Kuß
Der König huldvoll ihm die Hand. Verdacht
Und Groll, Verrath und Rache aber prüfen
Geheim die Waffen für den Ueberfall.

Vardan.
Die Habsucht hat den Sieger nicht verleitet,
Die prächtigen gestickten seid'nen Kleider,
Mit denen nur die Könige sich schmücken,
Sich aus der reichen Beute auszuwählen.
Die That läßt wohl auf seine Pläne schließen.
Wie soll der Unerfahrene, der Prinz
Den Heuchler und verschmitzten Schmeichler stürzen?

Javen.
Durch Schlauheit, List kann er zum Ziel gelangen.
Mißtrauen quält den König wie den Behram;
Der Prinz muß steigern diese Seelenpein,

Bis Beide, um von ihr sich zu befreien,
Von Haß erfüllt für immer sich entzweien.
(Er sieht in den Wald.)
Es theilen sich die wilden Rosenbüsche.

Vardan.

Wer naht?

Zaven.

Es ist der Prinz. Er kommt hierher.

Vardan
(sieht hin).

Er ist erregt.

Zaven.

Es zieht ihn hin zur Quelle.
In seinem Herzen lodert auf die Flamme,
Die Sira's Blicke jüngst entzündeten.
(Khosrav tritt rasch auf.)

Khosrav.
Ich kann nicht länger diesem Ort entfliehen,
Wo ich sie sah, — sie wieder finden soll.
Wie lieb' ich Alles, was mich hier umgibt,
Entzücken mich die Blumen, die sie pflanzte, —
Der Vogelsang, den sie so oft belauschte, —
Die Palmen, die ihr Kühlung spendeten! —
Die Hoffnung wächst und lindert meine Qual.
(Er wendet sich zu Zaven.)
Was hast Du ausgeforscht?

Javen.
   Sie ist allein.

Khosrav.
Der alte Menon hat das Haus verlassen?

Javen.
Er ging am frühen Morgen in die Stadt
Und kehrt von Ktesiphon erst Abends heim.

Khosrav.
Dann wird sie nicht den Waldesgrund betreten.

Vardan.
Kommt Sira nicht, dann gehest Du zu ihr;
Du kannst sie ungestört im Hause sprechen.

Khosrav.
Sie wird dem Fremdling nicht die Pforte öffnen.

Vardan.
Wenn Deinen Worten sich ihr Herz erschließt,
Dann wird auch ihre Hand nicht lange zögern,
Den Riegel wegzuschieben. Poch' nur an.

Khosrav.
Zu kühn ist dieser Schritt.

Javen.
   Du liebst sie nicht.

Khosrav.
Weil ich nicht unbesonnen handeln will?

Javen.

Sonst warst Du nicht so zaghaft, wenn es galt,
Die Sprödeste der Schönen zu besiegen.

Khosrav.

Doch Sira gleicht nicht jenen eitlen Mädchen,
Die mich so schnell, wie ich sie auch gewann,
Aus ihrer Gunst entließen.

Javen.
                        Wage nichts
Und träume nur von ihr, verzehre Dich
In Liebesqual, die jede Freude Dir
Vergällt, den Scherz von Deiner Lippe scheucht.

(Ein Diener kommt aus dem Walde.)

Javen
(zu dem Diener).

Du stand'st dort in der Schlucht, was schautest Du?

Der Diener.

Die Griechin schlug den Weg zum Walde ein.

Javen.

Dann sattle uns're Pferde.

(Der Diener geht ab.)

Javen
(zu Khosrav und Vardan.)
                        Folget mir,
Sie darf uns nicht erblicken.

(Er führt Beide in das Dickicht im Mittelgrunde.)

Khosrav
(zu Zaven, der durch die Zweige späht.)
Siehst Du sie?

Zaven.
Noch nicht.

Khosrav
(muthlos).
Er täuschte sich. Sie war es nicht.

Zaven
(nach einer Pause).
Es rauscht im Laube, Sira naht heran,
Es glänzt im Sonnenlicht ihr Silberschleier.

Khosrav
(entzückt).
So kommt sie doch!

Zaven
(zu Khosrav).
Verbirg' Dich im Gebüsch
Und tritt hervor, wenn sie zur Quelle geht.
(Khosrav geht in das Rosengebüsch.)

Zaven
(zu Vardan).
Wir ziehen in das Dickicht uns zurück.
(Zaven und Vardan gehen tiefer in den Wald.)

Sira
(tritt auf).
Versengend ist der heiße Strahl der Sonne.
Ich athme wieder auf im Waldesschatten.

Sei mir gegrüßt, du Waldeseinsamkeit!
Wie eine Freundin, unveränderlich
Empfängst du immer mich und spendest mir
Die Düfte deiner Blumen, labst du mich
Mit einem frischen Trank aus deiner Quelle.
(Sie wirft den Schleier zurück und schöpft mit ihrer Hand aus der Quelle und trinkt. Sie hält inne und lauscht.)
Es raschelt im Gebüsch. (Sie horcht.) Es weilt dort Niemand.
Der Abendwind spielt mit den wilden Rosen.
(Leise.) Ob wohl hierher der Fremde wieder kommt?

Khosrav.
O wie entzückend ist ihr Angesicht! (Er tritt vor.)
(Zu Sira.) Das Wasser fließt durch Deine Rosenfinger,
Ich reich' Dir meinen Becher, trink' mit ihm!

Sira
(für sich überrascht).
Es ist der Fremdling, der mich jüngst belauschte! —
(Zu ihm.) Ich schöpfe mir den Trank mit meiner Hand.

Khosrav
(reicht ihr den Becher).
Verschmäh' ihn nicht.

Sira
(schöpft aus der Quelle und trinkt).
Mein Durst ist bald gelöscht.

Khosrav.
Du nimmst den Becher nicht? — Fürwahr! er ist,
Wenngleich aus Elfenbein geschnitzt, so schön,
So zierlich nicht wie Deine weiße Hand.

Sira.
Du weilst im Waldesgrund, nicht im Palaste.

Khosrav.
Wer schwiege, wenn die Schönheit ihn entzückt?

Sira.
So spricht der Höfling.

Khosrav.
Der Bezauberte.

Sira
(will sich entfernen, tritt aber zaghaft zu den Blumen, die an der Quelle blühen).

(Für sich.) Ich kann von hier nicht fort. Sein sanfter Blick
Hat mich in einen Zauberkreis gebannt.

Khosrav.
Du gehst von mir?

Sira
(schüchtern).

Um Blumen mir zu pflücken.

Khosrav.
Du wünschest, daß ich Dich nicht länger störe?

Sira.
Ich kann nicht fordern, daß Du Dich entfernst.
Warum sollst Du im Wald Dich nicht ergehen?
(Sie will gehen, bleibt aber wieder stehen.)

Khosrav.
(Für sich.) Die Holde will, — doch kann mich nicht verlassen.
(Zu ihr.) Du fühlst Dich glücklich in der Einsamkeit?

Sira.
Ich bin hier nicht allein. Wohin ich trete,
Umsprießen Veilchen mich und wilde Rosen;
Wohin ich horche, schmettern überall
Die Vögel, neckend sich im Gras, — im Busch;
Wohin ich blicke, glänzt im Sonnenschein
Der Blumenstaub, die würz'ge Waldesluft.
Leg' ich die Hand an's Herz, dann pocht es schneller
Vor Lebenslust, die hier es mitempfindet.

Khosrav.
Du willst mit Niemand diese Wonne theilen?
Wie herrlich auch der Glanz des Lichtes ist,
So übertrifft ihn doch die Farbenpracht,
Wenn sich sein Strahl im Edelsteine bricht.
Es würde jetzt sich steigern Deine Freude
Bis zum Entzücken, fände sie ein Echo
Im Busen eines treugesinnten Freundes.

Sira
(forschend).
Du kommst wohl auch hierher, Dich zu ergötzen?

Khosrav
(mit Nachdruck).
Besäße ich Dein Herz, dann würde mir
Auch diese Himmelswonne sich erschließen.

Sira.
Warum dann suchst Du diese Waldesstille?

Khosrav.
Um hier mit einer Blume mich zu schmücken.

Sira.
Du findest sie im Garten des Palastes.

Khosrav.
So duftig, zart entfaltet sie sich nicht,
Wie hier in diesem kühlen Waldesgrunde.

Sira
(schalkhaft).
So weiß ich jetzt, wer in die Hecke trat,
Die Rosenzweige des Gebüsches knickte.

Khosrav.
Du zürnst mir wohl dafür?

Sira
(forschend).
Ich grolle nicht,
Wenn Du für Dich die Blumenknospe pflücktest.

Khosrav
(feurig).
Ich würde sie in Deine Hand nur legen.

Sira
(bückt sich).
Da sieh, wie schön die Rose aufgeblüht.

Khosrav
(näher tretend).

Laß' mich für Dich sie brechen.

Sira
(schalkhaft).

Habe acht,
Daß nicht ihr Dorn Dein seid'nes Kleid zerreißt.

Khosrav
(pflückt die Rose und reicht sie ihr).

Sie wagte nicht, den Höfling zu verletzen.

Sira
(lächelnd).

Dann will ich sie in meinen Strauß verflechten.
(Sie neigt sich, um Blumen zu pflücken. Als ihr der Schleier von dem Nacken fällt, tritt Khosrav rasch zu ihr und küßt sanft ihren entblößten Nacken. Sira wendet sich schnell zurück.)

Khosrav
(betroffen).

Ich wehrte eine Biene von Dir ab.

Sira.

O wie besorgt Du um mich bist. (Für sich.) Er schweigt.
Sein Kuß verrieth mir doch, daß er mich liebt.
(Zu ihm.) Da fliegt die wilde Biene wieder auf,
Du hast sie mit dem Kusse nicht verscheucht.
(Sie blickt ihn lange innig an.)

Khosrav
(für sich).

O welch' ein Blick! — Wie liebt sie mich!
(Sira neigt sich wieder zu den Blumen und sieht die zertretene Rose.)

Khosrav.
Du Holde!
Du senkst Dein schönes Haupt und blickst zu Boden?

Sira
(wehmüthig).
Die Rose ist entblättert, die Du pflücktest.

Khosrav.
Du denkst, ein schlimmes Zeichen! (feurig.) Trau're nicht!
Die Liebe, die in mir Du wecktest, schwindet
Nicht wie die Schönheit dieser Rose hin.
(Er umfaßt sie.)

Sira
(an ihn sich schmiegend).
Du wirst mich immer lieben?

Khosrav.
Treu und innig.
(Zaven und Varban treten aus dem Walde.)

Zaven
(zu Varban).
Sie haben sich gefunden; nun an's Werk.
(Sie entfernen sich wieder.)

Sira.
Du liebst die Pracht der königlichen Feste
Und kommst nicht selten an den Hof des Herrschers?

Khosrav.
Ich kann der Gunst des Herrn mich nicht entziehen.

Sira.

Wenn holde Tänzerinnen Dich umschwärmen,
Der Flammenblick der stolzen Edelfrauen
In's Liebesgarn Dich zu verlocken sucht,
Wirst Du noch an das schlichte Mädchen denken?

Khosrav.

Es kann mich keine Schöne mehr verführen,
Seit ich, Geliebte, Dir in's Auge sah.

Sira
(sieht in den Wald).

Schon fallen ein die dunklen, blauen Schatten,
Die Vögel schweigen und die Sonne sinkt.
Es bricht der Abend an und ich muß scheiden.
O komme bald! Der Vater wird auch Dich
Willkommen heißen, an sein Herz Dich drücken.
(Sie wendet sich zum Gehen, als Zaven rasch auftritt.)

Zaven
(zu Khosrav).

Besteige schnell Dein Pferd und flieh' die Gegend.

Khosrav.

Was ist geschehen?

Sira
(leise zu Khosrav).

Traue nicht dem Fremdling.

Khosrav.

Beruh'ge Dich, er ist mein Jagdgenosse.

2*

Javen.

Verweile länger nicht in diesem Walde,
Verweg'ne Räuber lauern in den Büschen.

Sira.

Es sind nur Abenteurer, die hier oft
Nach den Gazellen, Antilopen jagen.

Javen.

Die Männer in zerlumpten Kleidern suchen
Mit ihren wilden Blicken and're Beute.
An ihren Dolchen, die sie drohend schwingen,
Klebt Blut nicht von erlegten Waldesthieren,
Doch von den Wand'rern, die sie tödteten.

Sira.

Dann führ' ich Beide Euch in unser Haus.

Javen.

Kein Riegel schützt uns vor der Mörderbande,
Sie hat schon dort das Haus geplündert.

Sira
(entsetzt).

Wo?

Javen
(zeigt in den Wald).

In diesem Cedernhain.

Sira
(verzweiflungsvoll).

Wir sind beraubt! —

Khosrav.
Die Schurken sollen nicht den Raub vertheilen.
(Er zieht sein Schwert.)

Javen
(hält ihn zurück).
Du willst sie hindern? Denk' an Deine Flucht.

Khosrav.
Ich will die Beute ihnen wieder nehmen.

Javen.
Das wage nicht; sie sind uns überlegen.

Sira
(flehend zu Khosrav).
O eile, — rette Dich!

Khosrav
(liebevoll).
Wenn Du mir folgst.

Sira.
Der Vater geht dem sich'ren Tod entgegen,
Ich muß zu ihm, ihn vor der Rückkehr warnen.

Khosrav.
Allein? — Die Mörder werden Dich erschlagen.

Sira.
Ich wähle die verborg'nen Waldespfade.

Javen
(zu Sira).
Es ist zu spät. (Zu Khosrav.) Nun rasch! Entschließe Dich!

Khosrav.

Ich gehe nicht von ihr. (Zu Sira.) Dir pocht das Herz,
Du zitterst. Fasse Muth. Ich schütze Dich.

Sira.

Ich denke an das Loos des theuren Vaters,
Wenn er den Räubern in die Hände fällt.

Khosrav.

Ich führe Dich zu ihm. O folge mir.
Vertrauest Du mir nicht? Du schweigst? Erröthest?

Sira
(verschämt).

O frage nicht.

Khosrav
(innig).

Der Liebende erräth,
Was Dich bewegt.

(Vardan tritt hastig auf.)

Vardan
(zu Khosrav).

Du mußt mit uns entfliehen.
Von Räubern wurde dort Dein Knecht gefangen.
Schwing' rasch Dich auf mein Pferd.

Javen
(zu Sira).

Du sträubst Dich noch?
(Zu Khosrav.) Nun fort! Laß' sie aus Deinen Armen!

Khosrav
(leidenschaftlich).

Nie! —
(Zu ihr.) Du sollst an meinem Herzen immer ruhen.
(Er führt Sira mit sich fort.)

Javen
(nachsehend).

Da sieh', wie an den Reiter sie sich schmiegt.
Der Plan gelang. Er ist der kühne Räuber,
Der wohl den größten Schatz dem Menon nahm.

Vardan.
Der Prinz wird zürnen.

Javen.
Nein! Mir freudig danken,
Daß dieses Räubermärchen ich erfand.
(Sie gehen Beide ab.)

Verwandlung.

Waldwiese, auf welcher ein Haus steht. Vor dem Hause breitet ein alter Cedernbaum seine Zweige über einen Rosenbusch.

(Behram tritt aus dem Walde.)

Behram.
Schon glänzt der Abendstern am dunklen Himmel.
Die Wege, die ich heute eingeschlagen,
Um unerkannt dem Waldesgrund zu nahen,
Verzögerten die Ankunft bei den Theuren.
(Er bleibt plötzlich stehen.)

Ein Schlingkraut windet sich um meinen Fuß,
Will hemmen meinen Schritt.
(Er sucht das Schlingkraut zu entfernen.)
Du trotzest mir?
Ich kenne keinen Widerstand.
(Er reißt die Pflanze aus und wirft sie hin.)
Hinweg!
(Er tritt zu dem Cedernbaum.)
Zehn Jahre sind entschwunden, als ich hier
Von Sira Abschied nahm. Es ward mir schwer,
Das liebe, zarte Mädchen zu verlassen.
Noch grünt die alte Ceder, blüht der Strauch,
Wo ich das Kind in meine Arme schloß.
(Er nähert sich dem Hause.)
Mir pocht das Herz, da ich der Pforte nahe.
Wenn sie sich öffnet, endet das Geheimniß,
Das ich so lange ängstlich hütete.
Sie soll erfahren jetzt, daß Menon nicht
Ihr Vater, — daß sie meine Tochter ist.
(Er pocht an die Pforte.)
Man schließt nicht auf. Sie gingen in die Stadt.
Wohl unerwartet ist jetzt mein Besuch.
Ich bin ermüdet, will sie hier begrüßen.
(Er setzt sich unter den Baum.)
Wie schön muß Sira sein. Ja schon als Kind
War sie das Ebenbild der holden Mutter.
Die Unvergeßliche! — Unglückliche! —
An welche Nacht erinnerst Du mich wieder! —

Ich höre noch den Klageruf der Griechen,
Die man in ihren Häusern überfiel
Und mordete. O Gorda! Edles Weib!
Um deinen Vater, — um dein Kind zu retten,
Entrissest du den blut'gen Dolch dem Henker,
Doch ehe du mit ihnen fliehen konntest,
Sankst du zerschmettert an der Schwelle hin.
Hinweg entsetzliche Gedanken, — fort!
Ihr weckt den Haß von Neuem in mir auf.
Ich will hier — an dem Herzen meines Kindes —
An meinen Racheschwur nicht denken.

(Menon tritt auf.)

Menon
(rufend).

Sira!

Behram
(aufspringend).

Du kommst so spät?

Menon
(überrascht).

Du hier? Sei mir willkommen!
Du bliebst sehr lang von meinem Hause fern.

Behram
(unruhig).

Du bist allein?

Menon.

Das Mädchen ist daheim.

Behram.

Ich pochte an die Pforte, Niemand kam.

Menon.

Dann wagte Sira nicht, die Thür zu öffnen.
Die Dunkelheit entschuldigt ihre Furcht.

Behram.

Dann geh', befreie sie von ihrer Angst.

Menon.

Ich führe sie zu Dir.

Behram.

Doch sag' ihr nicht,
Wer sie erwartet.

(Menon schließt die Pforte auf und geht in das Haus.)

Behram.

Freudig überrascht
Soll sie sich an die Brust des Vaters stürzen.
(Beseligt.) Ich darf nun wieder lieben!

(Man hört Menon im Hause rufen:)

Sira! — Sira!

Behram.

Er ruft nach ihr. (Horcht.) Sie schweigt noch immer.

(Menon ruft wieder:)

Sira!

Behram.

Wie wehmuthsvoll ertönt jetzt seine Stimme!
Was ist geschehen? — Fort! Zu ihm, in's Haus.

(Er will in das Haus treten, als ihm Menon verstört entgegenkommt.)
Du zitterst! Sprich! Ist sie im Hause? — Nicht? —

Menon
(kleinmüthig).
Sie ist nicht dort.

Behram.
Du ließest sie zurück.
Dann ging sie aus dem Hause. Doch wohin? —

Menon.
Sie liebt es oft, die Quelle aufzusuchen.

Behram.
Dann eile hin und sieh', ob dort sie weilt.
(Menon geht ab.)

Behram
(schreitet unruhig auf und ab).
Sein scheuer Blick läßt mich nichts Gutes ahnen.
Wenn er mich täuschen, — mir verbergen will,
Daß Sira nicht mehr athmet? — Nein! — Sie lebt!
Quält mich der Argwohn auch im Waldesgrund? —
Liebt Menon nicht die Enkelin so innig
Wie einst sein Kind, und haßt er nicht die Lüge,
Die nur in Ktesiphon die Luft verpestet? —
Das holde Kind ist an der schatt'gen Quelle,
Ermattet von der Hitze, eingeschlummert,
Und träumt wohl süß von Blumen und von Faltern.
(Nach kurzer Pause.)
Wenn er es dort nicht findet?

(Der Mond tritt aus den Wolken. Er hält erschreckt inne.)

Fahles Licht
Fällt in den Wald. Der Mond bricht aus den Wolken.
Entfleuch', unheilverkündendes Gestirn!
Du Zeuge einst der blut'gen Schreckensnacht! —
In deinem matten Lichte starrte mir
Das Angesicht der Sterbenden entgegen.
O Gorda! hätt' ich dich so nicht gesehen.
Wie leichenblaß war deine Rosenwange,
Vom Blute überströmt dein schwarzes Haar!
Kein Fluch, kein Wehruf kam aus deinem Munde,
Dein Blick nur ruhte seelenvoll auf mir,
Als ich dich küßte, — dich zu rächen schwur.

(Menon eilt herbei.)

Behram
(stürzt auf ihn zu).

Du kommst mit Sira nicht?

Menon
(halb vernichtet).

Sie ist verschwunden.

Behram
(forschend).

Sie war nicht dort?

Menon.

Ihr Schleier hing am Strauch.

(Er zeigt ihm den Schleier.)

Behram.
Dann ging sie in den Wald, verirrte sich.
Durchstreifen wir das Dickicht, — das Gehölz.
Menon.
O bleib'. Du wirst im Forst sie nicht entdecken.
Man hat sie uns entführt.
Behram
(argwöhnisch).
Du kennst den Räuber?
Menon.
Noch nicht. Doch hinterließ er diese Schleife,
Die ihn verrathen wird.
(Er gibt ihm die Schleife.)
Behram.
Wo fand'st Du sie?
Menon.
Sie lag, von duft'gen Rosen dicht umschlungen,
Ganz nahe an der Quelle.
Behram
(betrachtet die Schleife).
Kostbar ist
Der Diamant, der in der Schleife funkelt.
Menon.
Es ziemt nur Edlen, sich mit ihr zu schmücken.
Behram.
Der König trägt sie nur.

Menon.
          Wohl auch der Prinz.

Behram
(aufschreiend).

Auch Khosrav! —

Menon.
Du erbleichst?

Behram
(verzweiflungsvoll).
                    O arme Sira!
Wenn dieser Jüngling dein Verführer ist!

Menon.
Verdamm' ihn nicht zu früh.

Behram.
          Schon der Verdacht
Erhitzt mein Blut.

Menon.
          Ich weiß, Du hassest ihn.

Behram.
Kann ich ihn achten? Handelt er als Mann?
Verhöhnt er nicht die Sitten uns'res Landes,
Der ungezügelten Begierde fröhnend?
Er ist verschwenderisch und eitlen Sinnes;
Er liebt nur Spiel und üppige Gelage,
Und läßt von Mädchen sich mit Rosen kränzen,
Die er für ihre süßen Küsse pflückte.

Menon.
Vermagst Du seinen Leichtsinn nicht zu zügeln?

Behram.
Ihn schützt der schwache Wille meines Königs.

Menon.
Dann hat der Prinz die Macht, Dich einst zu stürzen.

Behram.
Ihm fehlt der Ernst, die Kraft zu solchem Wagniß.

Menon.
Wenn ihn der Adel gegen Dich bewaffnet?

Behram.
Dann fällt der Jüngling auch mit den Empörern.

Menon.
Du mußt das Bündniß früher noch verhindern.

Behram.
Die Schleife soll zu diesem Zweck mir dienen.

Menon.
Wenn sie ihm nicht gehört?

Behram.
Du zweifelst noch?
Kannst Du erforschen, wer die Schleife trug?

Menon.

Ich eile hin nach Ktesiphon; der Goldschmied,
Der diesen Stein gefaßt (zeigt auf die Schleife), wird auch mir sagen,
An wen er diese Schleife einst verkaufte.

Behram.

So geh' am frühen Morgen in die Stadt.
O möge der Versuch Dir bald gelingen!

Menon.

Die Thräne glänzt in Deinem Auge. Behram!
Wenn Du, der Held, verzagst, wie soll der Greis,
Vom Schmerz so tief gebeugt, den Muth gewinnen,
Die uns Entrissene zurückzubringen?

Behram
(ernst und entschlossen.)

Wohlan! An's Werk! — Der Rächer folgt Dir nach.
(Sie gehen Beide in das Haus ab.)

Der Vorhang fällt.

Zweiter Aufzug.

Straße in Ktesiphon. Im Hintergrunde ein Bazar. Volks=
gruppen. Vorne der Laden eines Goldschmiedes.

(Khosrav und Javen treten auf.)

Javen.
Du bist nicht frohen Muthes? Reut es Dich,
Daß Sira Du entführtest? Hat sie Dich,
Gleich and'ren Mädchen, auch so schnell enttäuscht?
Gefällt die schöne Griechin Dir nicht mehr?

Khosrav.
Sie klagt um Menon, — kann ihn nicht vergessen.

Javen.
Sie wird sich trösten. Todt ist er für sie.
Sie darf ihn jetzt, auch später nicht mehr sehen.

Khosrav.
Doch diese Lüge trübt mein Liebesglück.

Javen.
Sie ist nichts weiter als ein bitt'rer Tropfen,
Der in dem Freudenbecher bald verschwindet.

Khosrav.
Ein Zufall kann die Wahrheit ihr enthüllen.

Javen.
Das holde Liebchen weilt fern von der Stadt
Auf Deinem Edelsitz und sieht nur Dich.
Wenn Du ihr nichts entdeckst, erfährt sie nichts.

Khosrav.
Die Schleife doch, die ich im Wald verlor,
Kann Menon ihren Aufenthalt verrathen.

Javen.
Wer weiß, ob er sie fand. Und kam sie auch
In seine Hand, will er mit ihr versuchen,
Die Spur des Abenteurers zu erforschen,
So wird der Kühne durch den Dolch verstummen.
Von Menon droht Dir nicht Gefahr, — von Behram.

Khosrav.
Von ihm?

Javen.
  Der stolze Günstling ist erzürnt,
Daß Dir der König gegen seinen Willen
Die Wache im Palaste anvertraute.
Er wird nicht ruhen und kein Mittel scheuen,
Um Dich vom Hofe wieder zu entfernen.

Khosrav.
Er kommt mir immer liebevoll entgegen.

Javen.
Er schmeichelt Dir? — Dann will er Dich verderben.
Er duldet keinen Nebenbuhler, will
Allein den König und das Reich beherrschen.
Benützest Du mit Vorsicht Deinen Einfluß,
Dann kannst Du seine Pläne noch durchkreuzen.
Drück' ihm die Hand und täusche auch den Heuchler.
Doch lüfte nicht zu früh die läst'ge Maske,
Bevor der Gegner in die Falle ging.
Nun komm' mit mir, die Edelsten des Reiches
Erwarten Dich, mit Dir sich zu berathen.

(Sie gehen Beide ab.)
(Behram und Sahak treten auf.)

Behram
(auf die Abgehenden zeigend).
Da gehen sie, Verrath im Herzen bergend,
Doch stets bereit, von ihrem Opfermuthe,
Von ihrem treuen Sinn uns zu versichern.

Sahak.
Der Prinz ist nicht Dein Feind, betrügt Dich nicht.

Behram.
Bethört den König, sucht mich zu verläumden,
Mir seine Gunst und auch die Macht zu rauben.

Sahak.
Warum hast Du ihm nicht die Hand gereicht?

Behram.

Wie? Konnte ich dem eitlen Jüngling trauen,
Und mit dem Schwachen, Unverläßlichen
Ein Bündniß gegen meine Feinde schließen?

Sahak.

Nun leitet ihn der ränkesücht'ge Zaven.

Behram.

Der Falter wird nicht lang im Netze gaukeln,
In dem der Schurke ihn gefangen hält.

Sahak.

Bekämpfst Du nicht zu spät die schlauen Feinde?

Behram.

Nicht blos beschlossen ist ihr Untergang,
Noch heute wird mein Plan zur That. Begib
Dich zu den Kriegern, führ' sie in die Stadt.

Sahak.

Gab Dir hierzu der König den Befehl?

Behram.

Ich handle jetzt nach meiner Ueberzeugung.
Der Schlag muß rasch erfolgen.

Sahak.

Wag' ihn nicht,
Verletze nicht das Machtgefühl des Königs.
Hast Du es nicht vor Kurzem wohl erfahren,
Wie er sein Hoheitsrecht zu wahren sucht?

Behram.

Ja! Früher konnte er, der Eifersücht'ge,
Als unumschränkter Herrscher mich bedrohen, —
Den Höfling von dem Hofe auch verbannen.
Jetzt steht ein Held, — ein Feldherr an dem Thron,
Dem er das Schwert nicht mehr entreißen kann.
Nun geh', vollziehe, was ich Dir gebot.

(Sahak geht ab.)

Behram
(allein).

Es kämpft in mir die Wehmuth mit dem Hasse.
Des Königs Undank, — Khosrav's falscher Sinn,
Die Hinterlist des Adels stacheln mich
Zur Rache auf. Gedenk' ich meines Kindes,
Erfüllt die Sehnsucht mich, erwacht mein Kummer.
Die Hand, die nach der Waffe greifen will,
Zieht widerstrebend sich zurück und trocknet
Die Thräne, die aus meinem Auge quillt.
Bringt mir auch dieser Tag die Botschaft nicht,
Daß meine Tochter lebt und wiederkehrt? —

(Plötzlich entrüstet.)

Der Jüngling, — der Verweg'ne will mich stürzen? —
Er kann von dem Palaste fort mich weisen. —
Er hat ihn jetzt verlassen und — für immer.
Er soll vor seinen Vater nicht mehr treten. —
Ich kämpfte für die Krone nicht, daß sich
Mit ihr ein Schwächling seine Locken schmückt.

Ich will den Reif, wenn sterbend ihn der König
Von seiner Stirne nimmt, auf's Haupt mir setzen.
(Man hört in der Ferne Kriegsmusik.)
Es ziehen meine tapf'ren Krieger ein.
Sie sind mir treu. So rolle denn der Würfel,
Ob mir zum Glück, das wird sich nun entscheiden.
(Er will abgehen, als ihm Mirtha zu Füßen stürzt.)

Mirtha.
O halte Deine Schritte an.

Behram.
Du wagst,
Mir in den Weg zu treten?

Mirtha.
Zürne nicht,
Gewähr' mir Deinen Schutz.

Behram.
Erhebe Dich.
(Für sich.) Wie gleicht an Lieblichkeit sie meinem Kinde!
(Zu ihr.) Wer konnte Dir ein schweres Leid zufügen?

Mirtha.
Der Vater.

Behram.
Er behandelt Dich zu strenge?
Warum?

Mirtha.
Weil ich — (stockt).

Behram.
Weil gegen seinen Willen
Du einen flatterhaften Jüngling liebst.

Mirtha.
Er ist kein Abenteurer, — eblen Stammes.

Behram.
Von leichten Sitten.

Mirtha.
Er ist sanft.

Behram.
Und schön?

Mirtha.
Es liebt ihn Jedermann.

Behram.
Er ist ein Höfling.

Mirtha.
Er steht dem König nah'.

Behram.
(überrascht).
Es ist der Prinz.

Mirtha.
Ja, — Khosrav.

Behram.
(Für sich.) Arme! (Zu ihr.) Du vertrauest ihm?

Mirtha.
Ich weiß, wie er mich liebt.

Behram.
Ich kenne ihn.
(Für sich.) Ich will aus seinen Armen sie befreien.

Mirtha
(erblickt ihren Vater in Begleitung eines Kaufmannes herankommen. In großer Angst zu Behram.)
Verlaß' mich nicht.

Der Vater
(tritt vor).
Hier ist die Flüchtige.

Behram
(zu Mirtha).
Was ficht Dich an? Du bebst, — erbleichst?

Mirtha
(zeigt auf den Vater).
Mein Vater!

Der Vater.
Hier treff' ich Dich, Du Ungerathene!

Behram.
Sie floh zu mir und bat mich, sie zu schützen,
Da Du ihr zürnst.

Der Vater.
Sie soll gehorsam sein.

Behram.
Bestraf' nicht sie, den Mann, der sie betrügt.

Mirtha.
Auch Du bist gegen ihn?

Behram
(für sich).
Wie sie ihn liebt!
Der Vater.
Du forderst, an dem Prinzen mich zu rächen.
Ich habe nicht hiezu die Macht, — doch sie,
Die Unerfahr'ne will ich vor ihm hüten.
Behram.
Du hast das Recht. Doch gegen sie sei milde.
(Zu ihr.) Du bist getäuscht. Der Prinz brach Dir die Treue.
Mirtha.
Nein! — Du verläumdest ihn.
Behram
(ernst).
Zu Dir spricht Behram!
Der Vater.
Der Held! — Verzeihe ihr.
Mirtha.
O Gott des Lichtes!
(Sie sinkt dem Vater an das Herz.)
Behram
(für sich).
Wenn auch der Prinz die Tochter mir entführte,
Und Sira, wie das arme Mädchen hier,
Den Flatterhaften leidenschaftlich liebt'?
(Er geht gedrückt ab.)

Der Vater
(küßt Mirtha).

Ich habe Dir vergeben. Komm' mit mir.
(Mirtha folgt ihm gebrochen. Alle ab.)
(Ein Anführer mit Leibgarden des Königs tritt auf.)

Der Anführer
(zu einer Abtheilung der Garde).

Besetzt das Thor, das zu dem Schlosse führt.
(Eine Abtheilung geht ab.)
(Einige Bürger eilen aus dem Bazar herbei.)

Erster Bürger.

Was habt Ihr vor?

Zweiter Bürger.

Hat Schlimmes sich begeben?

Der Anführer.

Der König zieht durch eure Stadt hinaus
In's Jagdrevier. (Zu der zweiten Abtheilung der Garde.) Ihr
folgt mir in den Wald.
(Er geht mit den Garden ab.)

Erster Bürger.

Der König kommt. Ein seltenes Ereigniß!

Zweiter Bürger.

Er trat schon lange nicht in uns're Mitte.

Dritter Bürger.

Es sagt ihm Niemand, wie wir ihn verehren.

Erster Bürger.

Der stolze Behram trägt allein die Schuld,
Daß er sich nicht dem Volke zeigen will.

Zweiter Bürger.

Der Frembling hat kein Herz für Land und Leute.
Ich würde ihm, — dem Günstling nicht vertrauen.

Dritter Bürger.

Die Selbstsucht macht ihn hart und ungerecht.
Er unterdrückt die Edlen, schließt vom Hof
Sie aus, zieht ihnen stets die Krieger vor,
Mit deren Hilfe er zur Macht gelangte.
Verdächtigt auch die treuen, fleiß'gen Bürger,
Daß sie, auf den erworb'nen Reichthum pochend,
Dem König nicht wie einst gehorchen wollen.

Erster Bürger.

Nun kommt, der König soll durch uns erfahren,
Wie wir gesinnt. Wir wollen den Bazar
Mit Teppichen, mit Blumen festlich schmücken.

(Sie gehen ab.)
(Zwei Bettler treten vor.)

Erster Bettler
(zeigt auf die Abgehenden).

Die Harten! Keinen Heller holen sie
Aus ihrer Tasche, um uns zu beschenken.
Doch wenn es gilt, mit ihrem Gold zu prunken,
Da ist kein Schmuck zu kostbar und zu theuer.

Zweiter Bettler.
Verschweigen wir den Groll und schütteln wir
Den Staub von uns'ren Mützen. Kommt der König,
So wollen Beide jubelnd wir sie schwenken
Und ihn um eine milde Gabe bitten.

Erster Bettler
(zeigt in den Bazar).
Ein Grieche schleicht an dem Bazar vorbei.

Zweiter Bettler.
Ich sah ihn gestern schon vorübergehen.

Erster Bettler.
Der Alte ist wohl auch kein reicher Mann.

Zweiter Bettler.
Er bettelt noch verschämt, mit leiser Stimme,
Und schlägt die thränenfeuchten Augen nieder,
Wenn man ihn aus der off'nen Thüre stößt.

Erster Bettler.
Er wird den Fußtritt auch ertragen lernen;
Wenn ihm es nicht gelingt, muß er verhungern.

Zweiter Bettler.
Wir können ihn in uns'rer Straße dulden,
Er wird mit seiner demuthsvollen Miene
Nicht viele blanke Heller uns entziehen.

(Sie lagern sich an der Ecke des Bazars. Die Bürger beginnen die Kauf=
halle zu schmücken. Menon tritt gebückt auf und späht umher.)

Menon.

Wie viele Wochen sind bereits verstrichen,
Und all' mein Forschen blieb bis jetzt erfolglos.
Wenn mir der Goldschmied keine Auskunft gibt,
Dann schwindet meine Hoffnung, sie zu finden.
(Er sieht umher.)
Schon einmal war mein Leben in Gefahr,
Bedrohte mich das Messer eines Schurken. —
Die Leute kommen, feilschen im Bazar
Und gehen wieder, sehen nicht auf mich.
Kein Späher lauert in der Straßenecke,
Ich kann dem Laden unbesorgt mich nahen.
(Er geht zum Laden des Goldschmiedes und besieht die Geschmeide.)

Der Goldschmied
(tritt heraus).

Du bist ein Freund von prächtigem Geschmeide?
(Für sich.) Ist er ein Dieb, soll er mir nicht entkommen.

Menon.

Ja, ich betrachte gern die Edelsteine, —
Bewundere noch mehr die selt'ne Kunst
Und den Geschmack, wie ihr in Gold sie faßt.

Der Goldschmied.

Dann schaue diesen Reif, besetzt mit Perlen,
Mit Diamanten und Rubinen.
(Er zeigt ihm den Reif.)

Menon
(ihn betrachtend).
                    Herrlich! —
Es kann die Königin in's Haar ihn flechten.
Er ist Dein Werk?

Der Goldschmied.
        Du hast Dich nicht geirrt.

Menon.
Da Du ein so berühmter Meister bist,
So will ich Dir ein selt'nes Kleinod zeigen.
            (Er zieht die Schleife hervor.)
Wie hoch wohl schätzest Du den Edelstein?

Der Goldschmied
(nimmt die Schleife und sieht sie überrascht an).
Woher hast Du die Schleife?

Menon
(betroffen).
                    Kennst Du sie?

Der Goldschmied.
Sie ist von meiner Hand.

Menon.
            Dann ist sie werthvoll;
Die mir sie brachte, hat mich nicht betrogen.

Der Goldschmied.
Du lügst! Mit diesem Band schmückt sich kein Weib.

Menon
(schlau).

Ich habe das auch nicht gesagt. Die Schöne,
Die diese Schleife mir verpfändete,
Kennt den Besitzer nicht, der sie verlor.

Der Goldschmied.
Bei ihr?

Menon
(verschmitzt).
Das hat die Schöne mir verschwiegen.

Der Goldschmied
(höhnisch).
Aus Scham? — (Entrüstet.) Ich aber weiß, wem sie gehört,
Und daß Du ein verschmitzter Dieb auch bist.

Menon.
Du Unverschämter wagst mich zu beschimpfen?
Gib mir die Schleife!

Der Goldschmied.
Ich behalte sie;
Du folgst mir zu dem Richter.
(Er faßt Menon am Arme.)

Menon
(wehrt sich).
Laß' mich los!
(Er will seinen Dolch ziehen.)

Der Goldschmied
(ruft der Menge im Bazar zu).
Kommt mir zu Hilfe!

(Einige Bürger eilen aus dem Bazar herbei.)

Der Goldschmied
(zu ihnen).
Haltet fest den Dieb!
(Sie umringen Menon und halten ihn fest.)

Menon
(auf den Goldschmied zeigend).
Ich stahl ihm nichts, — er will mich jetzt berauben.

Einige Bürger.
Er ist ein Grieche.

Der Goldschmied.
Geht und holt die Wache!

Menon
(zum Goldschmied).
Gib mir die Schleife!

Der Goldschmied.
Sie gehört nicht Dir.

Einige Bürger.
Er ist ein Wuch'rer, leiht auf hohe Zinsen.

Andere Bürger.
Bringt ihn zum Richter.
(Man hört Trompetenstöße.)

Alle Bürger.
Fort! Es kommt der König!
(Als sie Menon fortbringen wollen, rücken die Leibgarden an und besetzen rings den Platz. Ein Theil des Volkes strömt den Ankommenden entgegen, und Menon, dem es gelingt, sich zu befreien, zieht den Dolch.)

Menon
(den Dolch schwingend).

Wer mich berührt, den strecke ich zu Boden!
(In demselben Augenblicke tritt der König auf. Die Bettler werfen die Mützen in die Höhe und rufen:)
Es lebe unser König!

Alle Bürger.
Hoch der König!

Erster Bettler
(kniet nieder).

O Herr, erbarme Dich!

Zweiter Bettler
(kniet nieder).

Gib uns auf Brod!
(Parmuba reicht dem König ein seidenes Säckchen. Der König wirft ihnen einige Münzen zu und tritt vor.)

Der König
(auf Menon weisend).

Wer ist der Kühne, der die Waffe schwingt?
(Ein Leibgarde will Menon zurückweisen, doch der König winkt ihm zu, zurückzutreten.)

Menon
(hat den Dolch in den Gürtel gesteckt und kniet vor den König hin).

Ich bin ein armer, vielgeschmähter Grieche,
Ein schwacher Greis, der sich vertheidigte
Und Dir zu Füßen stürzt, um Schutz Dich bittet.

Der König
(zu ihm).

Verfolgt Dich wer?

Oberleitner, Behram. 4

Menon
(zeigt auf den Goldschmied).
Der Goldschmied dort.

Der Goldschmied
(tritt heran).
Du Lügner!
Ich nahm Dich fest, die Schleife klagt Dich an.
(Er zeigt auf die Schleife.)

Der König
(zum Goldschmied).
Der alte Grieche stahl sie Dir?

Der Goldschmied.
Mir nicht, —
Doch Dir, — mein König.

Der König.
Mir gehört die Schleife?
Du weißt es sicher? Kannst Du es beweisen?

Der Goldschmied.
Du kauftest sie von mir. (Zeigt auf die Schleife.)

Der König.
Ich will sie sehen.
(Der Goldschmied gibt dem König die Schleife.)

Der König.
Sie ist mein Eigenthum.

Menon
(überrascht für sich).
Sie ist von ihm!

Der König
(zu Menon).

Wie kam die Schleife jetzt in Deine Hand?

Menon.

Ich fand sie in dem Waldesgrunde.

Der König. Wie?

Ich hätte sie verloren?

Menon.

Auf der Jagd.

Der König.

Du Schändlicher verräthst Dich selbst. Du Schurke!
Der Prinz erhielt von mir sie zum Geschenk.

Menon.
(Für sich.) Ha! Khosrav! (Zu ihm.) Dann entfiel sie ihm
vom Hute,
Als er im Walde meine Tochter raubte.

Der König
(entrüstet).

Schleppt ihn in das Gefängniß!

Menon
(flehend).

O befiehl,
Daß bald der Prinz die Tochter zu mir führt.

4*

Der König
(verächtlich).

Mein Sohn, der Erbe dieses Reiches, könnte
Der Tochter eines Griechen, — eines Diebes
Sein Herz erschließen? Schweig' Du Elender! —
(Er gibt ihm einen Fußtritt.)

Menon
(springt auf).

Du trittst wie einen Hund mich in den Staub?
Ich bin doch auch ein Mensch!

Der König.
Ein Ausgestoß'ner! —

Menon
(stolz).

Ein Sprößling eines edlen, mächt'gen Volkes,
Das einst durch seinen Geist die Welt beherrschte.

Der König.
Das jetzt, durch uns're Waffen unterjocht,
In fremden Ländern eine Heimat sucht
Und mit dem Ruhme seiner Ahnen prahlt,
Da es die Kraft zum Aufschwung nicht besitzt.

Menon.
Das seine Menschenwürde stolz vertheidigt, —
Das Ihr, obgleich Ihr es verachtet, schmäht,
Der Habe, die durch Fleiß und durch Entbehrung
Es mühsam sich erwirbt, durch feigen Mord,
Durch Brand und Plünderung beraubt, das Ihr —

Der König
(hocherzürnt).
Schafft den Verbrecher fort!
(Bei diesen Worten tritt Behram auf.)

Das Volk
(schreit).
Schleift ihn zum Tigris!
(Man will Menon fortschleppen, als Behram hinzutritt.)

Behram
(zum Volke).
Begehet keinen ungerechten Mord!

Der König
(zu Behram).
Du schützest ihn?

Behram.
Nur vor der Wuth des Volkes.
Ihn strafe nicht die Willkür — das Gesetz.

Der König
(gebieterisch).
Ich werde über ihn das Urtheil sprechen.
(Zu Behram.) Du nimmst ihn jetzt in Haft. (Zu seinem Gefolge.) Nun auf zur Jagd!

Behram
(für sich erregt).
Ich will ihn in's Gefängniß bringen lassen,
Das auch der falsche Prinz betreten wird.
(Der König will abgehen, als im Hintergrunde ein Tumult losbricht.)

Einige Bürger.
Verrath! Verrath!

Andere Bürger.
Man gibt uns falsche Münzen!

Der König
(bleibt stehen).
Die Menge lärmt und schreit. Was ist geschehen?

Behram.
Die Bettler drängen sich zu Dir heran.

Der König.
Was wollen sie? Ich habe sie betheilt. (Er will fort.)

Erster Bettler
(reicht knieend dem König seine Münze hin).
Herr! Diese Münze trägt Dein Bildniß nicht.

Der König.
Wer gab sie Dir?

Erster Bettler.
Du selbst.

Der König.
Reich' mir die Münze.
(Der Bettler giebt ihm die Münze.)

Der König
(beschaut sie).
Die Münze wird bei uns nicht ausgeprägt.
(Zu Parmuda.) Wie kam sie in den Schatz?

Parmuda.
Mit dem Tribut,
Den die Bewohner Rai's mir erlegten.

Der König
(zum zweiten Bettler).

Wo haſt Du meine Münze? Zeig' ſie mir!
(Der zweite Bettler gibt ſie ihm knieend.)
Auch ſie iſt falſch und trägt mein Bildniß nicht.
(Zu Behram, ihm die Münze reichend.)
Wem gleicht der Kopf?

Behram
(betrachtet die Münze).

Er iſt dem Prinzen ähnlich.

Der König.

Das Antlitz gleicht in jedem Zuge ihm.
(Für ſich ſchmerzlich.) O daß mein Auge doch getäuſcht
mich hätte!
Mein eig'ner Sohn, — der Prinz, — ein Hoch=
verräther! —

Menon
(für ſich).

Wie ſchnell bin ich gerächt!

Behram
(für ſich).

Mein iſt der Sieg!

Der König
(für ſich).

Verblendeter! Mit ſolchen Münzen wirſt
Du nur meineid'ge Schurken dir erkaufen.
(Zu Behram.) Du führteſt Truppen in die Stadt?
Weßhalb?

Behram.
Die angeworb'nen Krieger rasten hier,
Doch gehen sie noch heute ab zum Heere.

Der König.
Wie? Du verstärkst das Heer? Droht uns Gefahr?

Behram.
Die stolzen Edlen haben sich verbündet.

Der König.
Der Prinz hält auch zu den Verschworenen?

Behram.
Der ränkesücht'ge Zaven ist sein Freund. —
Laß' mich das Heer nach Ktesiphon berufen!

Der König
(für sich).
Er sucht das Heer zu sich heranzuziehen.
Die Bürger sind mir treu. Die tapf'ren Garden
Bewachen den Palast. (Zu Behram.) Ich will es nicht.
(Entschlossen zu Parmuda.) Du übernimmst die Wache im
Palast.

Behram
(für sich entrüstet).
Er läßt mich seine üble Laune fühlen?
Verleiht nicht mir die höchste Ehrenstelle?

Der König
(zum Anführer der Leibgarde).
Mach' frei den Platz, ich kehre wieder heim.

(Das Volk zerstreut sich schweigend. Der König geht mit dem Gefolge ab.)

Behram.
Er geht von hier erschüttert.

Menon.
Der Tyrann!

Behram.
Der Stolze gab Dich der Verachtung preis.

Menon.
Auch Deine Tochter traf sein Schimpf.

Behram
(aufgeregt).
Er weiß? —

Menon.
Daß Khosrav Sira mir geraubt.

Behram
(schmerzbewegt).
O Khosrav! —
Wo fand'st Du sie?

Menon.
Noch unbekannt ist mir,
Wo sie jetzt weilt.

Behram
(entrüstet).
Er hat mein Kind entführt!
Die Tochter in den Armen des Verhaßten! —

Menon.
Er hat die Unerfahrene betrogen,
Wie eine Buhlerin von sich gestoßen.
Sie floh von ihm zum Walde hin und irrt,
Das thränenfeuchte Antlitz scheu verbergend,
Verzweifelnd in den Wildnissen umher.
Sie lebt nicht mehr, sie gab, erfaßt vom Wahnsinn
Ob der erlitt'nen Schmach, sich schon den Tod.

Behram.
O steig're nicht den Schmerz, der mich erfaßt!

Menon.
Nicht Deine Klage, — Deine Rache soll
Die Frevelthat in Deinem Herzen wecken.

Behram.
Die Thränen, die mein Auge füllen, löschen
Die Zornesflammen, welche der Verrath,
Die Habsucht und der Geiz der Sasaniden
In meiner Brust entzündeten, nicht aus.

Menon.
So sei ein Mann der That und zieh' Dein Schwert,
Erkämpf' mit Deinen Kriegern uns die Freiheit.

Behram.
Es gilt zuerst, das theure Kind zu retten.

Menon
(für sich).
Sein Herz erglüht für uns're Freiheit nicht.

(Sahak tritt mit Kriegern auf.)

Behram
(zu Sahak).

Die Meut'rer sind gefangen?

Sahak.
Sie entflohen,
Als ich in den Palast des Zaven trat.

Behram
(für sich).

Dann darf ich länger nicht mehr säumen. (Zu Sahak.)
Geh',
Besetze rasch die Burg mit Deinen Kriegern.
(Sahak geht mit den Kriegern ab.)
(Zu Menon.) Du stehst in meiner Huth.

Menon.
Als Dein Gefang'ner?

Behram.
Ich schütze Dich vor dem erzürnten Herrscher.

Menon
(für sich).

Ich aber will den Sieger überwachen,
Daß er dem Ehrgeiz nicht die Freiheit opfert.

Behram.
Ich gehe jetzt, um Sira zu befreien.
(Sie gehen Beide ab.)
Der Vorhang fällt.

Dritter Aufzug.

Gemach im Palaste des Behram.

(Behram und Sahak treten auf.)

Sahak.
Am Hof des Königs hat sich viel geändert.
Die Wachen des Palastes sind verstärkt
Und Keinem ist der Eintritt mehr gestattet.

Behram.
Die Furcht beherrscht den wankelmüth'gen König.
Er sieht vom einz'gen Sohne sich verrathen,
Vom Adel sich bedroht, mißtraut dem Bürger, —
Auch mir, der vor den Feinden ihn beschützt.
Nicht selten bleibt mir sein Gemach verschlossen.

Sahak.
Beschleicht der Argwohn ihn, wenn ihm der Günstling,
Der treue, opfermuth'ge Freund ihm naht,
Dann sieh' Dich vor, daß Dich sein Groll nicht trifft.

Behram.
Das Heer ist meine Waffe, — ist mein Schild.

Sahak
(forschend).
Du leihst dem Altersschwachen noch den Arm?

Behram.
Er hindert nur den Greis, den Schwankenden,
Daß er sich nicht auf meine Gegner stützt.

Sahak.
Du hast die Schlauen auch noch nicht besiegt.
Sie haben Freunde selbst in Deinem Heere.

Behram.
Du kennst sie wohl?

Sahak
(überreicht ihm eine Liste).
Hier sind sie aufgezeichnet.

Behram
(durchsieht die Liste).
Ich hatte sie schon lange im Verdacht.
Doch sind sie ungefährlich, — Ueberläufer,
Die ihre Freunde in der Noth verrathen.
Verhafte sie und sende sie nach Rai.
Wie sind die tapf'ren Krieger jetzt gesinnt?

Sahak.
Sie murren, daß Du nicht in's Lager kommst.

Behram.
Ich soll sie führen wieder in den Kampf?
Sie wollen Siegeskränze sich erringen
Und reiche Beute in die Heimat bringen?

Sahak.

Sie glauben, daß Du hier gefährdet bist.

Behram.

Was auch in Ktesiphon geschehen mag,
Zu meinem Schutz ist Alles vorbereitet.
Noch heute reise ab und überbringe
Den Führern meines Heeres die Befehle.

(Er übergibt ihm einige verschlossene Schreiben.)

Sahak.

Vertrau' nicht auf die Gunst des Wankelmüth'gen.

(Er geht ab.)

Behram
(allein).

Mein Glaube an den treuen Sinn des Königs
Schwand längst dahin. Er heuchelt mir nur Freund=
schaft
Und lauert auf den günst'gen Augenblick,
Den lästigen Beschützer zu entfernen.
Er will mein Schwert in and're Hände legen.
Zerfallen muß das alte große Reich,
Wenn ich es nicht mit meinem Heer beschütze.
Kein fremder Fürst soll Persien zertrümmern. —
Ich setze mir die Krone auf das Haupt.
Wer kann daran mich hindern, — hat die Macht,
Den Diamantenreif mir zu entreißen?
Wohl Niemand! Nicht der Adel, — nicht das Volk!
Die stolzen Edlen sind entzweit, — nicht fähig,

Das Schwert, das siegreich ihre Ahnen schwangen,
Zur eigenen Vertheidigung zu führen.
Der fleiß'ge Bürger, schwankend im Gehorsam,
Da sich kein mächt'ger Herrscher für sein Wohl
Begeistert, wird sich in mein Schwert nicht stürzen,
Wenn ich es ziehe, um sein Eigenthum,
Sein Weib und Kind und um ihn selbst zu schützen.
Nur Einer könnte mir den Reif entwinden:
Der einz'ge Erbe dieses Thrones! — Khosrav? —
Wenn für die Freiheit er zur Waffe griffe,
Dann könnte sich das Volk für ihn erklären
Und sich bewaffnen, — seiner Fahne folgen.
Doch Khosrav ist kein Schwärmer, — ist kein Held!
Nur mehr ein dürrer Ast am morschen Baume,
Der bald zerschmettert in den Staub versinkt. —
Mit falschen Münzen, die ich schlagen ließ,
Bezahlte ich dem Sohn das Lösegeld
Für das geraubte Kind, — dem Vater auch
Den Rachelohn für das erschlag'ne Weib.
Die Krone aber ist der Preis des Kriegers,
Der für das Reich gefochten und gesiegt. —
(Nach einer Pause.)
Wenn Khosrav die Entführte wahrhaft liebt? —
Nein! — Die gemeine Leidenschaft hat längst
Das edelste Gefühl in ihm vernichtet. —
Wenn sie, die Unschuldsvolle, im Entzücken
Ob des erwachten, ungeahnten Glückes
Erröthend sich an den Verführer schmiegt? —

Dann soll sie ihn, so heiß sie ihn auch liebt,
So tief verachten — und ihn hassen lernen.
(Menor. tritt ein.)

Menon.
Durchforscht sind die Gemächer des Palastes,
Doch Sira's Aufenthalt bleibt uns verborgen.
Der Prinz kennt ihn allein, verräth' ihn nicht.

Behram.
Der Trotzige soll bald sein Schweigen brechen!

Menon.
Der König wird ihn zwingen?

Behram.
Mein Geständniß.

Menon.
Du willst ihm Dein Geheimniß anvertrauen?

Behram.
Der Vater wird zurück die Tochter fordern.

Menon.
Den Frevler nicht für seine That bestrafen?

Behram.
Ich zieh' mein Schwert, um Siege zu erkämpfen,
Das Blut des Wüstlings wird es nicht beflecken.

Menon.
Dann wird der Prinz, wenn er der Haft entlassen,
Dem König Dein Bekenntniß nicht verschweigen.

Der Herrscher wird den Günstling von sich stoßen,
Der einst mit einer Griechin sich vermählte.

Behram
(kalt).
Der Prinz entdeckt ihm nichts.

Menon.
Er bleibt im Kerker?

Behram.
Die Stunden des Verführers sind gezählt.

Menon.
Gestand der Hochverräther seine Schuld?

Behram.
Er läugnete; dies ward ihm zum Verderben.
Die falschen Münzen haben des Verbrechens
Ihn überwiesen.

Menon.
Mir willst Du verhehlen,
Wie in den Schatz des Königs sie gelangten?

Behram
(gereizt).
Ich steh' nicht unter Deiner Vormundschaft.

Menon.
Ich überwache Deine Schritte nicht.

Behram.
Doch suchst Du meine Pläne zu erforschen.

Menon
(erbittert).

Kein Unrecht soll dem Prinzen widerfahren.

Behram.
Das Urtheil ist gefällt —

Menon.
Noch nicht vollzogen.

Behram.
Du willst ihn gegen mich vertheidigen?

Menon.
Ich spreche nicht für ihn, — nur für das Recht;
Es ist der Hort der Freiheit. Und gedenke,
Daß Du verpflichtet bist, das Recht zu schützen.

Behram.
Nun denn, Du sollst auch niemals Zeuge sein,
Daß ich das Recht verletze.
(Er öffnet die Thür und winkt. Ein Officier tritt ein. Zum Officier.)
Mach' Dich auf!
Geleite den Gefang'nen in das Lager.

Menon
(betroffen).

Mich?

Behram
(kalt).

So befahl der König.

Menon
(tritt zu ihm, warnend).

Der Tyrann! —
Denk' an die Tochter, — an den Racheschwur;
Zerbrich die Fesseln, — kämpfe für die Freiheit!
(Er geht mit dem Officier ab.)

Behram
(entschlossen).

Die Krone ist das Ziel, das ich erstrebe!
(Sein Blick fällt auf ein Kästchen auf dem Tische. Er öffnet es und betrachtet die Gegenstände in demselben.)
Da liegen sie, die goldburchwirkten Stoffe,
Die Perlenschnüre, Diamantenreife,
Die ich mir aus der Siegesbeute nahm.
Sie mahnen wieder an den Schimpf des Königs,
Wie höhnisch mir der geiz'ge Alte schrieb,
Als er erfuhr, daß ich sie mir behielt:
„Ich solle mich in Weiberkleider hüllen,
Wenn meine Brust den Panzer nicht mehr trägt;
Das Schwert mit einem Hirtenstab vertauschen,
Wenn ich für ihn es nicht mehr ziehen kann."
(Er nimmt ein Stück heraus.)
Dich trug ein König einst, den ich besiegte;
Du sollst auch wieder einen König schmücken.
(Er schließt das Kästchen und geht ab.)

Verwandlung.

Gefängniß.

(Khosrav tritt ein. Ein Diener folgt ihm.)

Khosrav.

Schließ' auf die Thür und führ' mich in den Garten,
Ich will mich an dem Blumenduft ergötzen.

Der Diener.

Ich darf es nicht.

Khosrav.

Ich könnte Dir entfliehen?

Der Diener.

Ein jeder Schritt von Dir wird streng bewacht.

Khosrav.

So fürchtet mich der König?

Der Diener.

Sprich von Allem,
Nur nicht von ihm.

Khosrav.

Ich soll an ihn nicht denken?

Der Diener.

Du pflückst Dir gerne Blumen, die Du liebst;
Da es im Garten hier verwehrt Dir ist,
 (Er zeigt auf einen Blumenstrauß auf dem Tische.)
Erfreue Dich an diesem Blumenstrauß,

Den ich Dir flocht. (Bedeutungsvoll.) Ihn schmückt die
　　　　　　　　　　　schönste Rose,
Die ich in uns'rem Garten fand und brach.
　　　　　(Er zeigt auf die Rose.)
　　　　Khosrav
　　　　(betrachtet sie).
Wie duftet sie! (Für sich.) Den Diener rührt mein Leid,
Den Vater nicht. (Zu ihm.) Die Gabe ist mir werth;
Sie sagt mir, daß ich nicht verlassen bin.
　　　　Der Diener
　　　　(bedeutungsvoll).
Du bist es nicht.
　　　　Khosrav.
O sprich, verschweig' mir nichts.
　　　　Der Diener.
Ich weilte schon zu lange. Laß' mich gehen.
　　　　Khosrav.
So tritt aus dem Gemache, kein Verdacht
Darf Dich Getreuen treffen, — mir entreißen.
　　　　(Der Diener geht ab.)
　　　　Khosrav
　　　　(allein).
Wie einsam fühl' ich mich in diesen Mauern!
Kein Hoffnungsstrahl erheitert mein Gemüth.
Ja selbst die Bilder der vergang'nen Tage,
Die Tag und Nacht an mir vorüberziehen,
Erfüllen mich mit Qual, — mit tiefer Reue.
Die eitlen Schönen schließen wie Dämonen

Um den Verlaß'nen ihren Zauberkreis.
Ihr Lächeln aber, das mich einst berückte,
Verzerrt wie Spott und Hohn ihr Angesicht,
Von ihren kalten Lippen tönt der Ruf:
„O Thor, daß Du an uns're Liebe glaubtest." —
Zerpflückte Mirtha nicht, die Eifersücht'ge,
Die Blumenringe meiner Liebesfesseln? —
Wie drückt mich der Verdacht des greisen Vaters!
Ein Schurke sucht uns Beide zu entzweien.
Wen habe ich in diesem Reich verletzt,
Zu solcher Missethat herausgefordert? —
Die Edlen wollen festigen das Band,
Das mit dem Vater noch den Sohn verbindet,
Die Bürger fördern nur das Wohl des Reiches.
Ein Fremdling nur kann dieses wagen. — Behram! —
Die Edlen klagen ihn des Frevels an,
Doch sind sie seine Feinde, — täuschen sich.
Er ist ein Held, tritt offen seinem Feind
Entgegen. Seine Hand, die er mir reicht,
Wirft mir nicht falsche Münzen in den Schooß. —

(Er betrachtet die Rose des Blumenstraußes.)

Du ragst aus diesem Blumenstrauß hervor,
Doch bist Du nicht so schön wie jene Rose,
Die ich für Sira an der Quelle brach.
Ach! schnell war sie entblättert und verwelkt! —
Ich bin getrennt von ihr, der Heißgeliebten,
Und Niemand sagt mir jetzt, was sie erduldet.
Doch sie ist nicht allein, darf nicht verzweifeln;

Der treue Freund, der ritterliche Zaven
Ist ihr Beschützer, bis ich wiederkehre.
(Er zieht die Rose aus dem Strauß.)
Du hältst am Strauß dich fest mit deinen Dornen,
Willst von den Schwestern Dich nicht trennen lassen.
(Er bemerkt einen Streifen Papier am Stengel der Rose.)
Ei sieh'! Ein weißer Streifen um den Stengel!
Er ist beschrieben? Wie? — Von wem? — Von Sira?
(Er entfaltet den Streifen.)
Ja, diese Zeilen sind von ihrer Hand;
Sie denkt an mich. (Hoch entzückt.) Von ihr! — Mir
pocht das Herz! —
(Er liest.)
Den Freunden fehlt der Muth zur raschen That.
Verzage nicht, ich werde Dich befreien.
(Er küßt den Streifen.)
Die Heißgeliebte kommt, mich zu befreien!
(Es öffnet sich die Gartenpforte. Khosrav verbirgt schnell den Streifen
in seinem Kleide. Behram tritt ein.)

Behram
(forschend, rasch).

Du suchst den Ausgang des Gefängnisses?

Khosrav.

Mich drückt die schwüle Luft in dem Gemache,
Laß' mir die Pforte, die zum Garten führt,
Aufschließen, — mich im Palmenhaine wandeln.

Behram.

Gehorche dem Gebote Deines Vaters,
Und Du bist frei.

Khosrav.
Der König will verzeihen?

Behram.
Dich an den Hof berufen und vergessen,
Daß Du im jugendlichen Uebermuth
Mit einer Griechin ein Verhältniß knüpftest,
Das sich für seinen Erben nicht geziemt.
Entsage ihr und führ' die Tochter wieder
Dem tiefgebeugten, alten Vater zu.

Khosrav.
Ich soll die Heißgeliebte von mir stoßen,
Dem Vorurtheil und seiner Laune opfern?

Behram.
Der Vater könnte Deiner Wahl zustimmen,
Der König doch darf sie nicht billigen.

Khosrav.
Die Liebe dieses edlen Mädchens weckte
Den Ernst in meiner Seele, rettete
Mich aus dem Netz der flatterhaften Schönen.
Er sollte dieses Herzensbündniß preisen,
Das Freundschaftsband gewaltsam nicht zerreißen,
Das mich zurück vom Rand des Abgrunds hielt.

Behram.
Du täuschest Dich. Der Zauber ihrer Schönheit
Besiegte leicht die Reize and'rer Schönen;
Das Liebesgarn, in das sie Dich verlockte,

Wob sie nur künstlicher; die Circe wird
Mit Schlauheit, List, die ihrem Stamme eigen,
Noch schneller Dich in das Verderben ziehen.

Khosrav.

Wenn Du nur kamst, uns Beide zu verletzen,
Dann muß der Waffenlose sich entfernen.

Behram
(hält ihn zurück).

Ein falsches Urtheil soll uns nicht entzweien;
Die Ehrfurcht, die ich für den König hege,
Bewahr' ich auch dem Prinzen, — seinem Sohne.
Ich trat als Freund hier ein, um Dich zu warnen.
Der König zürnt, — Dein Leben ist gefährdet.
Befreie Dich nur bald von dem Verdachte,
Daß Du die falschen Münzen prägen ließest.

Khosrav.

Du glaubst an meine Schuld, verdammst auch mich?

Behram.

Ich sollte Dich, der stets vertrauensvoll
Am Hofe mir entgegenkam, verläumden?
Befolge meinen Rath. Gib auf den Trotz,
Und nähere Dich demuthsvoll dem König.
Du selbst mußt ihn zu überzeugen suchen,
Daß Du an dem Verbrechen schuldlos bist.

Khosrav.

Der König will den Bittenden nicht hören.

Behram.

Es öffnet sich die Pforte des Palastes,
Und er wird wieder gnädig Dich empfangen,
Wenn Du der schönen Griechin jetzt entsagst.

Khosrav.

Den Eid, den ihr der Liebende geschworen,
Wird auch der Prinz nicht brechen.

Behram.
       Zaud're nicht!
Wenn Du Dich weigerst, bleibst Du hier gefangen.

Khosrav
(für sich).
Wenn der Geliebten der Versuch mißlingt?

Behram.

Ich kann Dich retten, trennst Du Dich von ihr.
Die Hoffnung bleibt Dir immer, für die Neigung
Den ausgesöhnten Vater zu gewinnen.
Entschließ' Dich rasch! Entdecke mir den Ort,
Wo sie jetzt weilt.

Khosrav
(schmerzlich).
   Ich soll sie nicht mehr sehen!

Behram
(mit Nachdruck).
Den Kerker wird die Holde nie betreten. —
Laß' mich zu ihrem Vater sie geleiten.

Khosrav
(für sich).

Wo sind die Edlen, die vor ihm mich warnten?
Was haben sie für ihren Freund gethan?
Wenn Zaven auch der Groll des Königs trifft,
Und er aus diesem Reich entfliehen muß,
Dann ist die Heißgeliebte ohne Schutz.
(Zu ihm.) Du selbst willst die Verlassene behüten?

Behram.

In dem Palast, den ich allein bewohne,
Ist sie vor jedem Späherauge sicher.
Ich werde wie ein Vater sie behandeln
Und sie bewachen, daß kein Abenteurer,
Verlockt von ihrer Schönheit, sie entführt.

Khosrav
(für sich).

Ich soll ihm nicht vertrauen? —

Behram.

Schwanke nicht!
Das Leben der Geliebten ist bedroht,
Wenn die Spione sie gefangen nehmen.

Khosrav
(für sich).

Bin ich befreit, kann ich mit ihr entfliehen.
(Zu ihm.) Sie soll Dich herzlich und als Freund empfangen.
Hier nimm den Ring und gib —
(Er will ihm den Ring geben, als man ein Geräusch vernimmt.)

Behram
(horcht auf).
Welch' ein Geräusch?
Der Riegel knarrt. Wer wagt hier einzudringen? —
(Es öffnet sich die Mittelthüre und Sira stürzt herein.)

Behram
(tritt ihr mit dem Schwert entgegen).
Wen suchst Du hier?

Khosrav
(Sira erblickend, wehrt ihn ab).
Halt ein!

Sira
(Khosrav erfassend).
Entflieh' mit mir!

Khosrav
(umschließt sie).
O theure Sira!

Behram
(läßt das Schwert sinken. Für sich).
Meine Tochter!

Sira
(dringend).
Fliehe!

Behram
(tritt an die Pforte).
Betritt die Schwelle nicht!

Sira
(vernichtet).
Wir sind verloren!

Khosrav.
Er ist mein Freund.

Sira
(freudig).
Er kam, Dich zu befreien?

Behram.
Nicht durch Verrath, wie Du es jetzt versuchtest.

Sira.
Du bist ein Höfling, kommst von uns'rem König,
Dem Khosrav die Befreiung zu verkünden?

Behram
(für sich).
Wie anmuthsvoll ist sie geworden!

Khosrav.
Behram!
Verzeihe ihr den Schritt, die heiße Sehnsucht
Gab ihr den Muth, die kühne That zu wagen.

Sira
(erschreckt).
Wie? Du bist Behram?

Behram.
Du erstaunst und trittst
Von mir zurück?

Sira.
Ich bin entsetzt, daß Du,
Der falsche Freund, ihm nah'st, die Hand ihm reichst.
(Zu Khosrav.) Vertrau' ihm nicht. Er ist Dein größter
Feind!

Behram.
Du hast mit den Empörern Dich verbündet,
Die meine und auch seine Feinde sind.

Sira.
Bist Du sein treuer Freund, so laß' ihn fliehen.

Behram.
Ich werde strenger ihn bewachen lassen.

Sira.
Die Maske fällt, mit der Du ihn getäuscht.
Reich' ihm auch jetzt das Gift!

Behram.
      Du wagst zu viel!
(Für sich.) Der Diener, der den Kerker ihr erschloß,
Der Schurke, hat ihr meinen Plan verrathen.

Sira.
Kannst Du den Anschlag, Deine Rachsucht läugnen?
Erwirktest Du nicht die Verhaftung Khosrav's?
Warst Du es nicht, der dem Beschuldigten
Das Recht, sich zu vertheidigen, verwehrte?
Der Götterfunke des Erbarmens fiel
Nicht in Dein Herz. Ein Mann nur der Gewalt,
Verhöhnst Du in der Selbstvergötterung
Noch den Getäuschten, — den Verrathenen.
Du bist der böse Dämon uns'res Reiches!
Dein Schwert, das einst der Siegeskranz geschmückt,
Befleckt das Blut jetzt von Ermordeten,

Von edlen Männern, die den Freimuth fanden,
Dem Hochmuth eines Fremdlings Trotz zu bieten.
Du willst mit Deinem Heer das Reich beherrschen.
Entflamme es für Deine kühnen Pläne!
Doch über Khosrav's Leiche nur kannst Du,
Verwegener, den Königsthron besteigen! —

Khosrav
(zu Behram).

So hintergingst Du mich und auch den König!

Behram
(zu Khosrav).

Ich nicht, Dein Leichtsinn riß Dich in's Verderben.
Dein falsches Herz schlug für den Sieger nicht,
Der vor dem Feind Dein Vaterland gerettet.
Du wolltest mir die Gunst des Königs rauben,
Die Macht entreißen. Einer mußte fallen
In dem Vernichtungskampf. Ich oder Du! —
Mir blieb der volle Sieg, — Du unterlagst.

Sira.

Es war die feige That des Meuchelmörders!

Behram
(will auf sie eindringen).

Entartete! — (Er läßt aber sein Schwert sinken, für sich.) Es ist
 ein Weib! — Mein Kind!
(Zu Khosrav.) Doch Dir gebührt der Lohn für diesen
 Schimpf!
Aus ihr nur spricht Dein Haß. (Er erhebt das Schwert.)

Sira
(zu Khosrav).
O weiche schnell
Von ihm zurück, er zielt nach Deinem Herzen!

Behram
(zu Sira).
Laß' ab von ihm, Du kannst ihn nicht mehr retten;
Er ist dem Tod verfallen. (Er will den Stoß führen.)

Sira
(stellt sich rasch und muthig schützend vor Khosrav).
Tödte ihn!

Behram
(tritt erschüttert zurück, für sich).
So ist die Arme schon von ihm bethört!
Ich aber opf're ihrer Leidenschaft
Die Krone nicht. (Zu Sira.) Verlasse den Verlor'nen;
Er stirbt jetzt nach dem Urtheilsspruch des Königs!

Khosrav.
Ich bin das Opfer Deines Hasses!

Behram
(zu Sira).
Fort!

Khosrav
(drängt Sira sanft zur Seite).
Entflieh' von hier und rette Dich vor ihm!

Sira
(mit erhobener Stimme).
Stirbt nicht die Blüthe mit dem Stamme hin,
Wenn er vom Beil gefällt zur Erde sinkt?

Umfaßt nicht der Gewittersturm die Wolke,
Wenn ihm der Blitz sie zu entreißen droht?
Und ich soll Dich verlassen, — Dich nicht schützen?
(Khosrav leidenschaftlich umschlingend.)
Mein Heißgeliebter, laß umschlingen Dich, —
Mich in der letzten, flüchtigen Minute
Im seligen Entzücken Dir, Geliebter,
In's Auge blicken, bis ich ausgeathmet.
(Zu Behram.) Bohr' in mein Herz den Stahl! Wenn
ich ihn nicht
Mehr retten kann, so will mit ihm ich sterben!

Khosrav
(zu Behram).

Der Mord, den Du begehst, wird Dich verderben.
Das Heer wird Dich verlassen, sich zerstreuen,
Es schwingt für einen Mörder nicht die Waffe.
Dahin ist dann Dein Ruhm und Deine Macht, —
Doch auch das Reich befreit von dem Tyrannen.
(Begeistert.) Ich sterbe für die Freiheit! — Tödte
mich! —

Behram.

Du stirbst für Deine Falschheit! — Fahre hin!
(Er will auf ihn eindringen.)
(Es öffnet sich die Mittelthür und Krieger Behram's stürmen ein.)

Ein Krieger.

In Aufruhr ist das Volk, ruft zu den Waffen.
Der Adel schwingt die Fahne der Empörer.

Behram.

Besetzt die Thore des Palastes. Schnell!
(Die Krieger gehen ab.)

Sira
(freudig zu Khosrav).

Die Adeligen kommen uns zu Hilfe.

Behram.

Du jubelst wohl zu früh. Ich bin gerüstet,
Den Aufstand mit Gewalt zu unterdrücken.
(Man hört Waffengetöse. Es kommen andere Krieger Behram's.)

Ein Krieger.

Wir sind von den Rebellen überfallen.

Behram
(auf Khosrav zeigend).

Bringt ihn hinweg, entflieht er, stoßt ihn nieder.

Sira
(entreißt einem Krieger die Lanze).

Kommt an, versucht es nur, ihn zu berühren!
(Die Krieger zaudern.)

Behram.

Entreißt die Lanze ihr! Trennt sie von ihm! —
Ihr zaudert, Feiglinge! — So will ich selbst
Die Waffe ihr entwinden.
(Er dringt mit dem Schwert auf Sira ein.)

Sira.

Stirb, Verruchter!
(Sie schleudert auf Behram die Lanze, welche ihn verfehlt und in dem
Boden stecken bleibt.)

Behram
(entsetzt).

Du bist — (er hält inne, für sich, erschüttert.) Die Tochter will den Vater tödten! —
(Zu den Kriegern.) Ergreifet sie und folgt mir in den Kampf! —
(Behram stürzt ab. Die Krieger, die Sira erfaßten, folgen ihm. Man hört in der Nähe den Ruf:)
Hoch Khosrav! Hoch der Prinz!

Sira
(ruft Khosrav begeistert zu).

Du bist gerettet!
(Geht ab.)

Ein Anführer
(zu den Kriegern, auf Khosrav zeigend).

Erfaßt ihn, schleppt ihn in den Thurm der Burg.
(In diesem Augenblicke bringt Zaven mit Bewaffneten durch die Mittel=
thür herein.)

Zaven.
Hier ist der Prinz! Befreit ihn von den Kriegern!
(Die Krieger Behram's fliehen nach kurzem Gefecht durch die Garten=
thür.)

Khosrav.
Gebt mir ein Schwert!
(Er nimmt einem Krieger das Schwert.)

Mir nach! Errettet Sira!

Zaven.
Wir kämpfen nicht für Sira, — für die Krone!

6*

Khosrav.
Der König ist bedrängt von den Empörern?
Javen.
Er ist in dem Palaste eingeschlossen.
Khosrav.
Dann folget Alle mir, ihn zu befreien.
(Er will fort, als Vardan auftritt.)
Vardan.
Erfochten ist der Sieg, — die Burg erstürmt.
Die Krieger Behram's flohen aus der Stadt
Und Behram zog sich in den Wald zurück.
Khosrav
(schmerzlich).
Dann ist für immer Sira mir verloren!
Javen
(zu Vardan).
Ergab der König sich in sein Geschick?
Vardan.
Er weilt vernichtet, schweigend im Gemache.
Javen
(zu Khosrav).
Du bist jetzt unser Herrscher. Zieh' mit uns.
Khosrav.
Der König legte seine Krone nieder?
Javen.
Wenn er sie länger trägt, wirst Du wohl nie
Das Reich beherrschen.

Khosrav
(entrüstet).

Ihr wollt ihn entthronen?
Ihr seid Rebellen?

Javen.

Wir erhoben uns,
Um Behram aus dem Reiche zu verjagen
Und Dich auch von dem Tode zu erretten.
Du bist jetzt frei; nun laß von uns Dich krönen.

Khosrav.

Ihr schwuret doch, dem König zu gehorchen?
Wollt selbst zum Treubruch seinen Sohn verleiten?
Wenn ich die Bande des Gehorsams löse,
Dann achtet Niemand mehr das Recht im Lande.
Ich soll die Waffe gegen Bürger schwingen,
Die ihrem König treu zur Seite stehen?
Ich will den Fluch der Sterbenden nicht hören,
Nicht über Leichen zu dem Throne schreiten.
Ich will den Arm des greisen Königs stützen,
Wenn er verzagt das Scepter sinken läßt; —
An's Herz den Vater drücken, wenn er segnend
Mit seiner Krone meine Stirne schmückt. —
Nehmt hin das Schwert, das der Verrath geschmiedet
Und ich der Hand des Meuterers entriß.

(Er wirft das Schwert hin.)

Ich wollte für die Heißgeliebte fechten, —
Doch gegen meinen Vater kämpf' ich nicht!

Legt Eure Waffen nieder, beuget Euch,
Vasallen, vor dem angestammten Herrscher!

Javen.

So lohnst Du uns die That, verräthst uns ihm?

Khosrav.

Ihr habt die Kerkerpforte mir geöffnet.
Ich will vergessen, was Ihr kühn gewagt.
Ihr habt bekämpft den Behram, den er fürchtet,
Und ihm zurück die Herrschermacht gegeben.
Ihr sollt die Frucht des Sieges mit ihm theilen.
Doch Euer blanker Schild soll nicht allein
Den Glanz der Königskrone wiederspiegeln, —
Soll auch das Herz des treuen Bürgers schützen.

(Er geht mit Allen ab.)

Javen
(im Gehen).

Er will die Krone nicht von uns empfangen,
Und nicht mit uns, — allein das Reich beherrschen. —
Die Macht des falschen Günstlings ist dahin.
Der Feldherr kehrt nicht wieder zu den Kriegern.
So soll das Heer, das an der Grenze lagert,
Geführt von uns'ren treuen, tapf'ren Freunden,
Den Stolz des Vaters und des Sohnes brechen.

(Er folgt ihnen nach.)

Der Vorhang fällt.

Vierter Aufzug.

Einsame Gegend. In der Ferne sieht man Lagerzelte. Im Vordergrunde, unter einem Baume, schläft Sira auf einem Ruhebett. Menon steht neben ihr.

Menon.

Sie athmet schwer und ihre Wange glüht.
Die Wunde, die im Kampfe sie erhielt,
Die Flucht aus dem Palast, — aus Ktesiphon
Erschöpften ihre Kräfte. Arme Sira!
Wie tief warst Du erschüttert, als Dir Behram,
Der Todfeind Khosrav's, Deines Heißgeliebten,
Sein Vaterherz erschloß. Ein schwacher Lichtstrahl,
Verschwindend schnell, erhellte kurz die Freude
Das schmerzerfüllte Herz der Ueberraschten;
Und Sira's heiße Thränen scheuchten bald
Die tiefe Rührung aus der Brust des Vaters.
An ihrer Liebesgluth, die sie verzehrt,
Entzündete von Neuem sich sein Haß.
Sein Haß allein, — nicht seine Herrschbegierde?
(Man hört in der Ferne Kriegsmusik.)

Sira
(erhebt sich im Traume).

Geliebter, nahest Du, mit mir zu fliehen?
(Sie sinkt wieder zurück.)

Menon.

Du armes Kind! Du träumst von ihm, — von
Khosrav!
Er soll Dich retten, — aus der Sklaverei? —
Du fürchtest Dich vor dem verschloss'nen Krieger?
Du fühlst, daß Behram Dich nicht zärtlich liebt.
Er stoßt auch mich zurück, denkt nur an sich, —
An seine Pläne. Nicht sein Rachedurst, —
Der Ehrgeiz legt das Schwert in seine Hand.
Der Purpur und die Krone sind sein Ziel.
Vergessen ist das Weib, das er geliebt, —
Vergessen auch der Eid, den er geschworen,
Als er die Lippen der Erschlag'nen küßte!
So, Behram, hältst Du Wort? — Verbirg mir nur,
Was Deinen finst'ren Geist beherrscht; ich wache,
Daß Du das Freiheitsbanner in den Staub
Nicht trittst, — das Volk in neue Fesseln schlägst.

(Man hört Trompeten schmettern. Menon sieht in die Gegend.)

Die Schilde glänzen in dem Sonnenlicht,
Die Pferde wiehern, die Trompeten schmettern,
Der Feldherr naht mit seiner Kriegerschaar.

(Behram kommt in voller Rüstung. Er winkt den Führern, die ihn
begleiten. Die Führer ziehen sich zurück.)

Behram
(zu Menon tretend).

Blieb Sira in dem Zelte?

Menon
(weist auf den Baum hin).

Sie ist hier.

Behram
(tritt zu dem Ruhebett).

Sie schlummert. Wache auf, der Vater muß
Von hinnen ziehen, — von Dir Abschied nehmen.

Sira
(halb aufgerichtet).

Du bist mein Vater nicht, — Du bist der König!

Menon
(für sich).

Sie ahnt auch, was er brütet. (Zu Behram.) Laß sie ruhen,
Die Arme ist ermattet. Schone sie.

Behram.

Ich will nicht ohne Abschied von ihr gehen.

Menon.

Sie träumt, die Theu're. Wecke sie jetzt nicht.

Behram.

Ich kann vielleicht nicht wiederkehren. — Sira!
(Er beugt sich über Sira.)
Ich ziehe in den Kampf.

Sira
(entsetzt ihn fortweisend).

Du nahest wieder?
Wend' ab den finst'ren Blick, mir graut vor ihm.

Behram
(tritt zurück).

Sie ist sehr krank.

Menon.
Sie spricht im Fieber.

Behram
(nähert sich ihr wieder.. Weich).

Kind!
Schlag' Deine Augen auf und sieh mich an.
Ich steh' vor Dir.

Sira
(abwehrend).

Du willst den Khosrav tödten!

Behram
(für sich, erbittert).

Er soll auch meiner Rache nicht entgehen.
Und ist er todt, wird sie ihn leicht vergessen.

Sahak
(kommt).

Die Krieger sind zum Abmarsch schon bereit.

Behram
(beugt sich über Sira).

So lebe wohl! Ich hoffe Dich geheilt
In Ktesiphon an meine Brust zu drücken.
(Er küßt ihre Stirne.)

Sira
(schnellt in höchster Aufregung empor).

Scheucht fort die Wolke, die herab sich senkt!
Ein Dämon schwebt auf ihr, den Krieg verkündend.
Blut tropft von seinen schwarzen Flügeln nieder,
Die Gluth des Hasses leuchtet aus den Augen.
Die Rache ist der Krieger Losungswort, —
Der Kronenraub sein Ziel. Entfleuch' von hier!
Du tratst mir einmal schon als Feind entgegen.
(Entsetzt.) Du bist der Feldherr, — Behram, — bist
mein Vater! —
Du füllst den gold'nen Becher, — nicht für mich.
Trink', Khosrav, aus dem Becher nicht. Trink'
nicht!
Mein Vater (sie sinkt langsam zurück, mit erlöschender Stimme) hat
den Trank vergiftet! — Khosrav! —

Behram
(schmerzlich zusammenzuckend).

An den Verhaßten denkt sie stets in Liebe,
An ihren Vater aber nur im Haß.
(Zu Menon.) Behüte sie und bringe sie in's Zelt.
(Menon winkt. Die Diener tragen Sira fort. Er folgt ihnen.)

Behram
(zu Sahak.)

Was bringst Du aus der Stadt?

Sahak.
Die Kriegerschaar,
Die unter dem Befehl des Zaven steht

Und den Palast beschützt, ist schlecht bewaffnet,
Kann gegen Dich sich nicht vertheidigen.

Behram.
Die Bürger schlossen sich dem Adel an?

Sahak.
Sie lärmen, schmähen Dich, doch handeln nicht.
Der Adel nur ist rührig, herrscht allein.
Auch an dem Hofe zu Constantinopel
Empfing der Kaiser Khosrav's Abgesandte.
Der Kaiser soll sein Heer zum Schutz ihm senden.

Behram.
Der Adel zwang zu diesem Bündniß ihn?

Sahak.
Der Prinz fügt sich nur scheinbar seinem Willen
Und unterhandelt hinter seinem Rücken
Jetzt mit dem Kaiser.

Behram.
Khosrav täuscht die Edlen
Und will mit fremden Kriegern sie bezwingen?
Der schwache Jüngling sollte dieses wagen?

Sahak.
Sein Sinn ist umgewandelt, — ernst, entschlossen.
Er zieht das Schwert, nicht blos um seinen Vater,
Auch die Geliebte von Dir zu befreien.

Behram
(für sich).
Die Liebe Sira's weckte seinen Muth? —

(Zu Sahak entschlossen.)
Dann müssen wir den Tigris überschreiten.
Laß schnell die Vorhut in den Marsch sich setzen.
(Sahak geht ab.)

Behram
(allein).

Zum Abfall suchten die Verschworenen
Die Führer meines Heeres zu verleiten;
Die Tapf'ren aber wiesen sie zurück.
So schwand auch ihre letzte Hoffnung hin.
Sie werden, wenn vor Ktesiphon ich ziehe,
Wie Spreu im Winde, — in dem Reich zerstieben.
Kein Sasanide, — ich, der König, werde
Dann mit dem Kaiser in Constantinopel
Zu meinem Schutz das Freundschaftsbündniß schließen.
Der Prinz will sich bewaffnen, — gegen mich?
Er kennt den Feldherrn und die Krieger nicht,
Die er bekämpfen und besiegen will.
Den Geist, den Muth, die Behram's Heer beseelen,
Bricht man nicht mit erkauften Söldnerschaaren. —
Und doch, wie schwer fällt mir der letzte Schritt!
Kein Liebesblick begeistert mich zur That,
Kein warmes Freundeswort gibt mir den Trost,
Daß ich nicht unbeweint die Augen schließe,
Wenn auf der Wahlstatt ich zu Boden sinke.
Ein leiser Wehruf nur tönt an mein Ohr,
Aus einem Grabe, das mein Weib umschließt.
Du, Gorda, warst zur Königin geboren.

Du hätteſt jetzt den Lorbeerkranz geflochten,
Mit ihm den Kämpfer und ſein Schwert geſchmückt! —
Wie troſtlos gehe ich von meinem Kinde.
Es iſt ſchwer krank, — vielleicht dem Tode nahe.
(Nach einer kurzen Pauſe.)
Wenn ſie jetzt aus dem Fiebertraum erwacht, —
Zum Abſchied liebevoll die Hand mir reicht —
Die Hand, — die einſt nach mir den Speer ge=
ſchleudert! —
Sie wollte nicht mit ihm den Vater tödten,
Den Feind, der auch nach ihrem Herzen zielte.
(Er kämpft mit ſich, ob er zu Sira gehen ſoll.)
Ich will noch einmal an ihr Lager treten.
(Er will gehen, als der Ruf der Krieger erſchallt:
"Nach Kteſiphon!")

Behram
(bleibt ſtehen).

Die Krieger rücken an.
Ihr Ruf verſcheucht die Thräne und beſchwingt
Auch wieder meinen Geiſt.
(Die Krieger ziehen auf und rufen:
"Nach Kteſiphon!")

Behram
(zieht ſein Schwert).

(Zu den Kriegern.) Das ſei der Ruf zum Kampfe! (Für ſich.)
Und zur Rache! —
(Die Krieger ziehen ab. Er folgt ihnen.)

Menon
(kommt und sieht ihm nach).

Der Adler breitet seine Schwingen aus.
Ihn lockt zum kühnen Flug der Glanz der Krone.
Schwing' Dich nur auf, doch Du erringst sie nicht!
Die Freiheit hat Dich Stolzen nicht begeistert.
Die Herrschsucht drückt das Schwert Dir in die Hand,
Die Hinterlist erfüllt Dein falsches Herz.
Wag' nur den Kampf! Doch siegen wirst Du nicht!
(Er geht ab.)

Verwandlung.

Gemach im Palaste des Königs.
(Der König tritt ein. Ein Diener begleitet ihn.)

Der König
(rasch zum Diener).

Du folgst mir überall.

Der Diener.
Um Dir zu dienen.

Der König.
Mich zu belauschen. Wer befahl es Dir?
Der Prinz?

Der Diener.
Er nicht. Es ist Dein eig'ner Wunsch,
Daß ich in den Gemächern Dich begleite.
(Der König winkt ihm. Der Diener geht ab.)

Der König
(allein).

Gefangen! — Durch den Sohn! — O falscher Knabe!
Wie heucheltest Du mir Gehorsam, Treue,
Um mich in Sicherheit zu wiegen! — Schändlich! —
Wie thöricht war mein Glaube, daß der Sohn
Die Liebe seines Vaters nicht mißbrauchen,
Mit Undank nicht vergelten könnte. — Behram!
Dir, meinem einz'gen, wahren Freunde, Dir
Mißtraute ich. Dein Waffenruhm, Dein Ehrgeiz
Erweckten meine Eifersucht, — den Zweifel,
Ob nicht Dein treuer Sinn einst wanken könnte.
Für diesen Argwohn straft mich jetzt der Sohn,
Der Schurke, dem ich mehr als Dir vertraute.
O hätte ich den Rath befolgt, die Krieger,
Die an der Grenze meines Reiches lagern,
Nach Ktesiphon, in den Palast zu ziehen.
Ich wäre nicht das Opfer des Verrathes! —
O Qual der Selbstverdammniß, flieh' den Greis,
Der für die Krone, — für sein Leben zittert. —
Noch darf ich nicht verzweifeln; Behram lebt,
Entfloh aus Ktesiphon, entkam zum Heere,
Er wird dem Herrscher schnell zu Hilfe eilen.
Wenn er zu spät erscheint, — wenn er die Krieger
Zurück im Lager hält? — Bin ich verloren! —
Nein! Behram ist nicht des Verrathes fähig.
Er haßt wie ich die Widerspänstigen, —
Die stolzen Edlen, die mich jetzt bewachen.

Wenn er sie nicht mit seinem Heer bezwingt,
Dann zieht mein Sturz vom Thron auch ihn hinab.
(Er geht zum Schranke, öffnet ihn und nimmt die Krone aus demselben.)
Noch bist du mein und wirst das Haupt des Herrschers,
Bis ihm der Tod die Augen schließt, auch schmücken.
Du glänzest noch in deiner alten Pracht,
Kein Edelstein fehlt in dem gold'nen Reife,
Kein Flecken haftet an den schönen Perlen.
Auch jetzt soll keine Thräne dich benetzen,
Den Schimmer deiner Diamanten trüben.
(Er setzt sich die Krone auf.)
Ich bin der König, — will sie hier empfangen, —
Die trotz'gen Edlen zum Gehorsam zwingen.
(Er horcht.)
Wer kommt?
(Khosrav tritt ein.)
Du trittst in mein Gemach? — Rebell!
Du willst die Krone mir entreißen.

Khosrav
(erschüttert).
Vater!

Der König.
Ich athme noch und herrsche in dem Reiche.
Verblendeter! Knie vor den König hin
Und wende ab den Blick, der lüstern sich
Auf meine Krone richtet. Beuge Dich! —

Khosrav.
Schwer, — ungerecht trifft dieser Vorwurf mich.

Der König.

Du läugnest noch? Gehorcht man jetzt nicht Dir?
Bin ich in meiner Burg nicht eingeschlossen, —
Bewacht? — Vollzieht man wohl, was ich befehle? —
Fühlst Du schon Reue, unterwerfe Dich,
Und harre demuthsvoll des Richterspruches,
Den ich, Dein Herr und König, fällen werde.
Erschließe mir die Pforten des Palastes!

Khosrav.

Ich kann Dich aus dem Banne nicht befreien.
Der Adel hat der Herrschaft sich bemächtigt
Und fordert, daß Du den verhaßten Günstling
Vom Heere abberufst, — vom Hof entfernst.

Der König.

Du hältst zu den abtrünnigen Vasallen?
O Schmach! Der Erbe meines Thrones küßt,
Den Ruhm der Ahnen, seinen Stolz verläugnend,
Die Geißel der Empörer, und wagt schamlos
Die feige Unterwerfung zu gestehen?
Ich soll mich dem Gebot der Edlen fügen,
Den treuen Rath, den theilnahmsvollen Freund,
Weil sie ihn fürchten, aus der Gunst entlassen?
So kann ein Pflichtvergessener nur denken
Und von Empörern sich bestimmen lassen,
Zu der Erniedrigung mich zu bereden. —
So mußte es wohl kommen. Ohne Ernst
Und sittliche Erhebung, durch Genüsse,

Die Deinen leichten Sinn gefangen hielten,
Verweichlicht und der Willenskraft beraubt,
Geködert durch die Schmeichelei der Heuchler,
Wardst Du das Opfer Deiner eig'nen Schwäche.
Leicht konnten falsche Freunde Dich verleiten,
Den Herrscher und den Vater zu betrügen.

Khosrav.

Der Sturmesdrang der Jugend stürzte mich
Wohl oft in Abenteuer, doch zerstörte
Die edle Schwungkraft meines Geistes nicht.
Nicht lügnerisch, — nicht tückisch ist mein Sinn.
Ich warb nur schüchtern um die Gunst des Vaters,
Der mir sein Herz verschloß und mir mißtraute.

Der König.

Das muß ich von Dir hören! Undankbarer!

Khosrav.

Vertrautest Du nicht Behram mehr als mir?

Der König.

Der schwachen Hand des unbeständ'gen Jünglings,
Die mit den Locken eitler Schönen spielte,
Den Becher schwang, die Würfel rollen ließ,
Nie für das Vaterland zur Waffe griff,
Der Hand des Unerfahr'nen sollte ich
Die Zügel meiner Herrschaft übergeben? —
Das Reich, von mächt'gen Feinden hart bedrängt,
Bedurfte eines kriegserfahr'nen Mannes.

Und Behram war der willensstarke Mann.
Er hat für mich gestritten und gesiegt.
Auch jetzt ist er der einzige Getreue,
Der wieder mich von Euch befreien wird!
Khosrav.
Du baust auf ihn?
Der König.
Ich soll ihn wohl verbannen?
Du bist von mir verkannt, — er ist mein Feind?
Khosrav.
Er ist ein Fremdling, liebt nicht unser Land.
Der Wohlstand uns'rer Bürger, schwer errungen
Durch harte Arbeit, Fleiß; und ihre Schätze,
Gold, Edelsteine, die sie eingetauscht
Im friedlichen Verkehr mit fremden Völkern,
Erfüllen ihn mit Stolz nicht, nur mit Neid.
Die Beute seiner Krieger, ist sie auch
Der Siegespreis der tapf'ren Kämpfer nicht,
Erfreut allein sein Herz, — verlockt ihn selbst,
Die Edlen und die Bürger zu berauben.
Der König.
Er straft die Trotz'gen nur an Leib und Gut. —
Ja! Er gefällt Dir nicht, der edle Freund,
Der Held, der sich von Dir nicht täuschen ließ.
Khosrav.
Erfuhr ich nicht, wie grausam, — schonungslos
Der Schmeichler, — der gewandte Höfling ist?

Der König.
Er hat mit falschen Münzen nicht versucht,
Die Bürger zu dem Abfall von dem Herrscher,
Die Krieger zu dem Treubruch zu verleiten.

Khosrav.
Es konnte Niemand meine Schuld beweisen,
Nur er rieth Dir aus Haß, mich zu verdammen.

Der König.
Er nicht, — der König hat Dich angeklagt.
Der Vater war der Richter, sprach Dich frei,
Und sandte Behram, Dir es zu verkünden.

Khosrav.
Doch Behram kam, im Kerker mich zu tödten.

Der König.
Du hast zum Kampfe ihn herausgefordert.

Khosrav
(für sich).
Er will nicht glauben, daß der schlaue Günstling
Den Mord beschloß. (Zu ihm.) War ich nicht unbewaffnet?

Der König.
Du stehst vor mir. Wer schloß den Kerker auf?

Khosrav.
Ein Mädchen hat das Leben mir gerettet.

Der König.
Du hast Dich von den flatterhaften Schönen
Auch jetzt nicht losgesagt?

Khosrav.
Die mich befreite,
Die Herrliche, ist meiner Liebe werth.

Der König.
Sie ist die Tochter eines Meuterers,
Der seine Adelsrechte jetzt verwirkt?

Khosrav.
Nein! — Eine Griechin.

Der König.
Eine Heimatlose?

Khosrav.
Die Enkelin des Menon.

Der König.
Des Verbrechers?

Khosrav.
Die Tochter Behram's! —

Der König.
Das ersann der Schurke!
Du glaubst dem Menon?

Khosrav.
Er verrieth mir nichts.

Der König.
Dann hat ein Feind des Behram Dich belogen.

Khosrav.
Er selbst hat das Geheimniß jüngst enthüllt,
Das über der Geburt des Mädchens schwebte.

Der König.
Erfuhrst Du es von ihm?

Khosrav.
In jener Nacht,
Als man aus dem Gefängniß mich befreite,
Ward im Gefecht die Griechin schwer verwundet.
Sie schien in dem Getümmel schon verloren,
Als Behram in den wilden Kampf sich stürzte
Und seinen Kriegern rief: „Bringt fort die Griechin!
Errettet sie! — O rettet mir die Tochter!"
Sie wurde uns'ren Kämpfern auch entrissen,
Von ihm auf's Pferd gehoben und entführt.

Der König
(für sich).
Deshalb beschützte er den greisen Menon? —
Er konnte das Geheimniß mir verschweigen?
(Zu ihm.) Du kennst die Mutter seiner Tochter?

Khosrav.
Gorda?
Ist lange todt.

Der König.
Wie? Gorda war ihr Name?
So hieß die stolze Griechin, die Verweg'ne,
Die meinen Höfling meuchlerisch erdolchte,
Als er den schuldigen Tribut gefordert.
Nein! Diese Mörderin war nicht sein Weib.

Khosrav
(warm).

O Vater! Mir allein kannst Du vertrauen.
Versöhne Dich mit mir, reich' mir die Hand.

Der König
(weist seine Hand zurück).

Du hast vor Behram den Beweis zu führen,
Ob wahr Dein Ausspruch ist und Du nicht lügst.
(Für sich.) Wenn Gorda, die einst bei dem Ueberfall
Von meinen Kriegern hingemordet wurde,
Das Weib des Behram war? Wenn er erfuhr,
Daß ich die reichen Griechen plündern ließ?
Wenn dieser Mord zur Rache ihn entflammt?
(Er will gehen, als Zaven eintritt.)

Zaven.
Entfliehet! Behram naht mit seinem Heere.

Der König
(gehoben).

O Gott des Lichtes! Du hast mich erhört!
Ich bin gerettet.

Khosrav
(für sich).

Kommt das Heer des Kaisers,
Wird sich der Vater mit dem Sohn verbünden.

Zaven.
Du bist verloren. Der Verräther warf
Die Maske ab, rief sich zum König aus.

Der König
(zu Beiden).
Ihr wollt mit dieser Nachricht mich nur täuschen.
Erzittert vor den Waffen des Befreiers.
(Der Anführer der Leibwache kommt.)
Der Anführer
(zum König).
Verlaß' die Stadt, Du bist hier nicht mehr sicher,
Die Bürger sammeln sich vor dem Palaste.
Der König
(zu ihm, auf Zaven weisend).
Er ist der Schlaueste von den Empörern,
Führ' ihn sogleich in das Gefängniß ab.
Zaven
(zu Khosrav).
Du läßt mich, Deinen Retter, jetzt verhaften?
Khosrav.
Er ist der König, hat hier zu befehlen.
Der König.
Schmückt festlich aus die Thore Ktesiphon's;
Ich selbst will Behram vor der Stadt empfangen.
(Der Anführer geht mit Zaven ab.)
Der König
(zu Khosrav).
Du bist und bleibst noch mein Gefangener.
(Er will abgehen, als durch die Mittelthür Bürger hereindringen.)
Alle Bürger.
Wo ist der König?

Der König
(tritt ihnen entgegen).
Was wollt Ihr von ihm?

Erster Bürger.
Sie halten Dich in dem Palast gefangen.

Zweiter Bürger.
Nenn' uns die Wichte, die Dich hier bedrängen.

Alle Bürger.
Wir Alle schützen Dich!

Der König
(strenge).
Ich rief Euch nicht.
(Andere Bürger bringen herein. Bindui sucht sie zurückzuhalten.)

Bindui
(vor ihnen schreitend).
Bestürmt den König nicht.

Alle Bürger.
Wir wollen kämpfen.
(Sie kommen vor den König.)

Alle Bürger.
Bewaffne uns!

Der König.
Geht heim, mein Feldherr naht.

Erster Bürger.
Er ist Dein Feind.

Zweiter Bürger.
Er kommt, um Dich zu stürzen.
Er läßt sich schon als König huldigen.

Der König
(sinkt gebrochen in die Arme Khosrav's).
Er führt die Krieger gegen mich! — Ich Armer!
(Zu den Bürgern.) Ihr liebt mich noch, — wollt' mich vertheidigen? —
(Für sich.) Es ist zu spät. Ich bin nicht mehr zu retten.

Khosrav.
O fasse Muth. Ich weiche nicht von Dir.

Bindui
(zum König).
Stütz' Dich auf Deinen Sohn. Er ist Dir treu.
Gib ihm Dein Schwert, den Räuber zu bekämpfen.

Der König
(rafft sich auf).
Ich soll die Macht in seine Hände legen?
Gehorchen meinem Sohn, dem ich befahl?
Verlassen den Palast und unbeachtet
Beklagen in der Einsamkeit mein Loos, —
Gedenken, daß ich einst der Herrscher war?
(Er sinkt wieder erschöpft zurück).

Khosrav
(begütigend).
Die königliche Pracht wird Dich umgeben;
Der Sohn sich vor dem greisen Vater beugen,
Die Wünsche, die Du hegst, getreu erfüllen.

Bindui.
Du kannst den Sohn mit Deiner Krone schmücken.
O zaud're nicht. Gefährdet ist Dein Leben, —
Und auch das Reich.

Khosrav.
Laß' mich den Feind vernichten.

Der König
(für sich).
Wie hart hab' ich den treuen Sohn behandelt!
(Mit Anstrengung zu Khosrav.)
So nimm die Krone, — schütze sie vor ihm.
(Er will die Krone von seinem Haupte nehmen, als die Bürger vortreten.)

Erster Bürger
(auf Khosrav zeigend).
Er hat sich gegen seinen Herrn empört.

Zweiter Bürger.
Er liebt uns nicht.

Erster Bürger.
Wie wird er uns beherrschen,
Der gegen seinen Vater zog das Schwert.

Alle Bürger.
Er soll, — er kann nicht unser Herrscher werden!

Der König
(erregt).
Er hat mich stets geliebt und brach mir nicht
Die Treue; Behram ist der Hochverräther.

Alle Bürger.
Du sollst der König bis zum Tode bleiben!
Der König
(mit erhobener Stimme).
So seid auch Ihr Rebellen? — Wollt dem Sohne, —
Dem Erben meines Thrones nicht gehorchen?
In prächtigen Gewändern, stolzen Blickes
Erkühnt Ihr Euch, in mein Gemach zu treten,
Wagt Ihr den Widerspruch, wenn ich befehle?
Hat Euch der Glanz des Reichthums so verblendet,
Den unter meiner Herrschaft Ihr erworben?
Dem König, — mir allein steht zu das Recht,
Den Auserwählten mit dem Reif zu krönen.
Es ist mein Wille! (mit ersterbender Stimme.) Letzter Wille! —
(Er sinkt nieder.)
Khosrav
(ihn stützend).
Vater! —
(Er läßt ihn auf den Teppich nieder.)
Ich strebe nach der Krone nicht. (Schmerzbewegt.) Er
stirbt! —
(Alle Anwesenden entblößen das Haupt.)
Khosrav
(erhebt sich, bewegt, doch ernst zu den Bürgern).
Ihr wollt mich nicht zum König? — Nehmt die Krone,
Setzt sie auf Behram's Haupt. Beugt Euch vor ihm! —
Der Räuber aber wird nicht lange herrschen.
Ich werde ihn bekämpfen und entthronen.

Dann klagt nicht mich des schnöden Treubruchs an,
Wenn ich die Mauern Eurer Städte breche,
Und mit dem Gold der flüchtigen Rebellen
Mein Heer für den erfocht'nen Sieg belohne.
Dann zeiht nicht mich der Grausamkeit, — des Hasses,
Wenn ich die Widerspänst'gen züchtige.
Dann klagt Euch selbst des Starrsinns, — der Ver=
blendung
Und des Verraths am Vaterlande an. —
Bringt ihm die Krone! —

Die Bürger
(sprechen unter sich, auf die Leiche zeigend).
    Todt ist jetzt der König.
(Zu Khosrav.) Es lebe Khosrav unser König! Hoch! —
(Alle Bürger beugen sich vor ihm.)

Khosrav.
Ihr huldigt mir! — Bewahrt mir stets die Treue!
(Er kniet an der Leiche nieder.)
Ich aber schwöre Euch an dieser Leiche,
Gerecht und milde über Euch zu herrschen.
Ich schwöre Euch, die Heimat, die Ihr liebt,
Mit meinem Schwerte zu vertheidigen.
(Parmuda tritt ein.)

Parmuda
(tritt zu Khosrav hin).
Das Heer des Kaisers kommt uns schnell zu Hilfe;
Es rückt, geführt von Narses, schon heran.

Khosrav
(wehmüthig auf die Leiche zeigend).

O hättest früher Du ihm dies verkündet.

(Er erhebt sich. Entschlossen zu den Bürgern.)

Der Adler Rom's grüßt uns're Rosenfluren;
Die Krieger unseres Verbündeten
Erheben zu dem Kampf die Ruhmeswaffen.
So will ich denn mit ihnen mich vereinen,
Mit ihrer Hilfe bald den Sieg erringen.

Alle.
Der Gott des Lichtes segne Deine Waffen! —

(Alle gehen ab.)

Der Vorhang fällt.

Fünfter Aufzug.

Im Hintergrunde eine Ebene, vom Walde begrenzt. Vorne eine Anhöhe mit Baumgruppen. Es tost die Schlacht.

(Vardan steigt mit Zaven rückwärts die Anhöhe herauf.)

Vardan
(stützt den Zaven).

Du bist betäubt vom Sturze Deines Pferdes,
Bliebst unversehrt, die Lanze traf Dich nicht,
Zersplitterte an Deinem Sattelknopf.
Der Reiter, der nach Dir sie schleuderte,
Fiel durch mein Schwert. Hier raste auf dem Hügel.
Bald schwingst Du wieder Dich auf's Roß und eilst
Du todesmuthig in den heißen Kampf.

Zaven
(setzt sich).

Wir rücken vor?

Vardan
(sieht hinab).

Die Feinde weichen nicht.

Zaven.

Sie fechten für ihr Leben, denn sie können,
Sind sie geschlagen, aus dem engen Thale,
In das wir sie zurückgedrängt, nicht fliehen.

Vardan.
Auch unser König kämpft für seinen Thron.

Javen.
Der Adel für die Macht. Siegt unser Feind,
Wird unser Blut die Fluth des Tigris röthen.

Vardan
(sieht wieder hinab).
Die Schützen Behram's brechen aus dem Walde, —
Der linke Flügel uns'res Heeres wankt.

Javen.
Siehst Du den König nicht?

Vardan.
Er zieht das Schwert,
Sprengt mit den Reitern aus der Schlucht hervor.
Er nimmt dem Bannerträger ab die Fahne
Und schwingt sie hoch. Die Reiter stürmen vor.
Die Lanzenträger fassen wieder Muth;
Sie dringen jubelnd auf die Feinde ein.

Javen.
Schaff' mir ein Pferd.
(Er will aufstehen, sinkt aber wieder zurück.)

Vardan.
Du kannst es nicht besteigen;
Du bist erschöpft, bedarfst der Ruhe noch.

Zaven.

Führ' ihm die schildbewehrten Krieger zu,
Die an dem Abhang des Gebirges lagern.
(Vardan geht ab.)

Zaven
(allein).

Der Gott des Lichtes schenke uns den Sieg! —
Noch schwankt der König, ob mit uns er herrschen,
Den Fuß auf unf'ren Nacken setzen soll.
Ihn reizt das Machtgefühl, — befällt der Zweifel,
Ob gegen uns der Bürger ihn beschützt.
Um Gnade mußten wir den Schwachen bitten,
Den wir befreit, — den Weg zum Throne bahnten! —
Wir fügten uns und griffen zu den Waffen.
Der mächt'ge Behram, der uns Alle haßt,
Stand vor den Thoren. Ist der König Sieger,
Dann theilt er auch mit uns den Ruhm, — die
Macht. —
Noch immer schlägt sein Herz für Behram's Tochter.
Sie hat in unf're Arme ihn geführt.
Sie kann allein ihn wieder uns entreißen.
Wenn Behram in dem Kampfe unterliegt,
Dann wird er es versuchen, den Verliebten
Durch Sira's Liebesblick an sich zu fesseln,
Um ihn und uns auch wieder zu beherrschen.
Bewundernd schauten wir die Schönheit Sira's
Und huldigten wir der Geliebten Khosrav's,
Doch knien wir nicht vor der Königin! —

Wir dürfen zaudern nicht, das schöne Weib,
Bevor es Khosrav uns entführt, zu tödten.
(Einige Krieger kommen.)

Ein Krieger.
Ein Grieche ward im Lager aufgefangen.

Zaven
(für sich). Ein Bote wohl von Sira an den König.
(Zu den Kriegern.) Bringt ihn hierher! und ist der Kampf
zu Ende,
Erdrosselt ihn mit einer Bogensehne.
(Die Krieger gehen ab. Man hört einen Siegesmarsch. Andere Krieger ziehen heran.)

Ein Anführer
(tritt zu Zaven).
Erfochten ist der Sieg, — der Feind entfloh.

Zaven
(steht auf.)
Wohin?

Der Anführer.
Die Schützen eilten in den Wald.

Zaven.
Hat Behram sich ergeben?

Der Anführer.
Er entkam.
(Vardan kommt mit Kriegern.)

Vardan
(zu Zaven).
Das Heer ist aufgelöst und streckt die Waffen.

8*

Zaven.

Der Feldherr aber ist noch nicht gefangen.

Vardan.

Ihn schützt der Wald.

Zaven.

Er darf uns nicht entrinnen.
(Zu den Kriegern.) Auf! Holt die Fackeln! Folgt mir in
den Wald!

Vardan.

Die Bogenschützen haben ihn besetzt.

Zaven.

Sie sind entmuthigt, werden schnell entweichen.

Vardan.

Doch wenn die Tapf'ren Widerstand uns leisten?

Zaven.

So brennen nieder wir den Wald. Nun fort!
(Zaven und Vardan gehen mit den Kriegern ab.)
(Khosrav tritt mit Bindui von der anderen Seite auf.)

Bindui.

Der Sieg ist glänzend, — Behram's Heer entwaffnet;
Nur Behram zog sich in den Wald zurück.
Laß ihn durchstreifen.

Khosrav.

Sira floh mit ihm?

Bindui.

Sie sträubte sich, doch er nahm sie mit sich.

Khosrav.

Ich will nicht, daß man sie im Wald verfolge.
Geh', führe meine Krieger in die Zelte.

(Bindui geht ab.)

Khosrav

(allein).

Sie wollte ihn verlassen, — zu mir gehen.
Er hält sie nicht aus Liebe, — nur aus Haß
Von mir zurück. Ich brach die Macht des Stolzen,
Entriß das Schwert ihm, das er mir geraubt.
Er ruft: „Die Krone ist für mich verloren; —
Doch auch für ihn die Tochter des Rebellen." —
Ich soll die Heißgeliebte nicht mehr sehen? —
Ich kann als König ihn begnadigen,
Den Reuigen, und sie mit mir vereinen.
Wenn er die Hand im Trotze von sich weist? —
So will ich die Geliebte von ihm trennen,
Und ihn für immer aus dem Reich verbannen.

(Nach einer kurzen Pause.)

Dort grünt der Wald, der sie mir jetzt verbirgt.
Mit welcher Sehnsucht zieht es mich zu ihm?
Sein mächtig' Rauschen weckt die Erinn'rung auf,
Die Quelle schäumt vor mir, wo ich sie fand,
Die Rose blühet auf, die ich ihr brach.
Mir ist, als winken mir die Wipfel zu.
Ich komme, Sira! — Dich an's Herz zu drücken.

(Er will gehen, als Krieger mit Menon kommen.)

Menon
(hinter den Bäumen).

Ich habe nichts verbrochen, laßt mich frei.
(Die Krieger treten mit Menon auf.)

Einige Krieger.
Du bist ein Späher.

Andere Krieger.
Legt ihm Fesseln an.

Menon.
O habt Erbarmen mit dem schwachen Greise!
(Er wird gefesselt.)

Einige Krieger.
Du bist ein schlauer Grieche, willst entwischen.

Khosrav
(tritt zu ihnen).

Was habt ihr vor?

Der Anführer.
Er ist zum Tod verdammt.

Khosrav.
Zum Tod? — Wer sprach das Urtheil über ihn?

Der Anführer.
Er wurde uns von Zaven übergeben.

Khosrav
(für sich, entrüstet).

Der Kühne maßt schon jetzt ein Recht sich an,
Das mir allein gebührt. (Zu den Kriegern.) Ich bin der
     König!
Ich fälle hier den Spruch.

Menon
(flehend).
O höre mich!

Khosrav
(zu den Kriegern).
Entfesselt ihn!
(Die Krieger lösen Menon die Bande.)

Khosrav
(zu Menon).
Was suchtest Du im Lager?

Der Anführer.
Er schlich sich in Dein Zelt.

Khosrav
(auf Menon weisend).
Er soll jetzt sprechen.
Zieht euch zurück.
(Die Krieger ziehen sich hinter die Bäume zurück.)

Khosrav.
Du kommst zu mir? Weßhalb?

Menon.
Die Tochter Behram's sendet mich zu Dir,
Sie fleht durch mich um Gnade für den Vater.

Khosrav.
Sie wagt es nicht, das Lager zu betreten?

Menon.
Sie wollte kommen, Dir zu Füßen stürzen,
Doch Behram läßt sie nicht aus seiner Hut.

Khosrav.

Er will vor mir, dem Sieger, sich nicht beugen.
Wenn er sich unterwirft, will ich verzeihen.

Menon.

Die Macht, die man ihm gab, hat ihn verführt.

Khosrav.

Er ließ erbarmungslos die Meut'rer tödten,
Die ihm und seinem König Trotz geboten,
Und brach dann selbst die Treue seinem Herrn.
Wie? Handelte er schlimmer nicht, als sie?
Sie wollten nur des Günstlings Fesseln lösen,
Er aber zog das Schwert, das Volk zu knechten.

Menon
(für sich, begeistert).

Sein Herz schlägt für die Freiheit, — für das Recht!
(Zu ihm.) Laß Dich erweichen, sprich ein Wort der Gnade,
Erlöse seine Tochter von der Angst.

Khosrav.

Dich rührt ihr Leid?

Menon.

Ich habe sie erzogen.

Khosrav.

So bist Du Menon?

Menon.

Dem Du sie entführtest.

Khosrav.
Die Schleife, die im Walde ich verlor, —

Menon.
Fand ich im Rosenbusch, verrieth Dich mir.

Khosrav
(für sich).
Die Thräne glänzt in seinem matten Auge,
Ich will ihn hoffnungslos nicht gehen lassen.
(Der Anführer stürzt herbei.)

Der Anführer.
Der Himmel glüht, das Lager steht in Flammen.

Khosrav
(erschreckt, sieht hinab).
Nicht an dem steilen Abhang des Gebirges,
Am Waldessaume steigt die Lohe auf.

Menon
(verzweifelt).
O schaffet Hilfe, Sira ist im Walde.

Khosrav
(dringend).
Wo hast Du sie verlassen?

Menon.
An der Quelle.

Khosrav
(zum Anführer).
Führ' Deine Krieger schnell zu mir heran.
(Der Anführer geht ab.)

Menon
(jammernd).

Wenn sie mir stirbt!

Khosrav.

Verzage nicht. (Er sieht in die Gegend.) Sie kommen.
Sie wird gerettet.

(Der Anführer kommt mit den Kriegern.)

Khosrav
(zu ihnen).

Eilt und löscht den Brand.

(Die Krieger gehen ab.)

Khosrav
(leidenschaftlich).

Sie darf den Flammen nicht zum Opfer fallen.
Ich will die Theure ihnen selbst entreißen.

(Er eilt ab.)

Menon
(ihm folgend).

Er liebt sie innig, — soll sie wiederfinden.

Verwandlung.

Die Waldesquelle wie im ersten Aufzuge.

(Behram und Sira treten auf.)

Sira.

Hier laß' mich rasten, aus der Quelle trinken.

(Sie geht bewegt zur Quelle.)

Wie schmerzbewegt tret' ich zu ihr jetzt hin,
Wo mich sein Liebeswort bezauberte!

(Sie will aus der Quelle schöpfen, sinkt aber an ihr nieder.)

Behram
(für sich).

Er hat gesiegt und nahm die Krone mir,
Doch soll er mir mein Kind nicht mehr entreißen.
(Er hebt Sira empor.)
Hat Dich die Flucht erschöpft? Quält Dich die Angst
Vor den Besiegern? — Sie sind kampfesmüde
Und denken nicht daran, uns zu verfolgen.

Sira
(für sich).

Er weiß, was ich an diesem Ort empfinde,
Doch will er meiner Liebe nicht gedenken.
(Zu ihm.) Erinnerungen tauchen in mir auf,
Die mir enthüllen, wie ich glücklich war.

Behram.

Sie sollten in die Hand den Dolch Dir drücken,
Zur Rache an dem Falschen auf Dich stacheln,
Der Liebe Dir geheuchelt, — Dich verrathen.

Sira.

Sie wecken in mir Hoffnungen, erheben
Die Liebende in diesen schweren Tagen.
Und unerschütterlich ist jetzt mein Glaube,
Daß Khosrav mich noch immer innig liebt.

Behram.

Du wirst getäuscht von Phantasiegebilden,
Die Dich zum Abgrund des Verderbens locken.

Sira.

Die Leidenschaft zu Khosrav wurzelt tief
In meinem Herzen und zeigt mir den Weg,
Der mich zum heißersehnten Ziele führt.

Behram
(höhnisch).

Die Tochter des Rebellen will den Thron
Besteigen mit dem Sieger, der herab
Von seinen Stufen ihren Vater stürzte?

Sira.

Ein mildes Wort des Königs tilgt den Makel,
Der an dem Namen des Empörers haftet.

Behram.

Dein Vater soll bei Deinem Heißgeliebten
Um Gnade flehen? Du erröthest nicht
Ob des Verlangens, das nicht Deinem Herzen, —
Nur der Begier, — dem Aberwitz entsprang?
Versagt sei mir die Sprache, wenn ein Wort
Aus meinem Munde kommt, das meinen Haß
Verläugnet; und erblinden soll mein Auge,
Das sich vor seinem Gnadenblick verschließt
Und nicht zurück ihn mit Verachtung weist.

Sira.

Wie glühend ist Dein Haß, daß Du die Liebe,
Die all' mein Denken, Fühlen in sich birgt,
Verhöhnst? — Du hast wohl nie wie ich geliebt! —
Der rauhe Krieger kann nur hassen, — tödten! —

Behram
(erregt).

So zischt die Schlange auf, vom Speer getroffen,
In blinder Wuth mit ihrem Gift das Opfer,
Das sie mit ihrem Blick nicht bannen kann,
Begeifernd.

Sira.

Nein! So spricht erzürnt das Weib,
Das seine Liebe nicht verlästern läßt;
So spricht zu Dir das Kind, von Schmerz ergriffen,
Das für den Schimpf des Vaters sich nicht rächen,
Nur klagen kann, wie tief es ward verletzt.

Behram.

Mir gegenüber findest Du den Muth,
Erwacht in Deiner Brust der edle Stolz,
Das Wort, das schimpflich, ungerecht Du nennst,
Zurückzuweisen, — aber ich soll mich
Erniedrigen, die Hand des Schändlichen,
Der mir Dein Herz geraubt, mit Thränen netzen.

Sira.

Wenn Du nicht vor den Sieger treten willst,
So wage ich den Schritt zu der Versöhnung.

Behram.

Du willst mit Deiner Schönheit ihn bezaubern,
Mit süßen Worten an den Schwur ihn mahnen,
Den er Dir längst gebrochen? Willst mit Thränen
Das Herz des Siegestrunkenen erweichen,

Der seinen greisen Vater fesseln ließ,
Mit gleißnerischer Miene, schmerzgebeugt,
Im Innern doch frohlockend, herrschbegierig
Von seinem todten Haupt die Krone nahm?
Schmach über Dich, wenn Du ihn so gewinnst.
Doch Du sollst nicht, — und wirst es nicht versuchen.

Sira.

Wenn Khosrav, um die Freiheit zu erlangen,
Der Grausamkeit des Vaters zu entgehen,
Die Waffe aus der Hand des Adels nahm,
Darfst Du ihn wohl verdammen? Hast Du nicht
Das Band der Freundschaft zwischen Sohn und Vater
Durch Arglist, Trug, zerrissen. — Er ist edel, —
Ist kein Tyrann, beging nicht diese That.
Du glaubst doch selbst an die Verläumdung nicht,
Und sie erschüttert auch nicht meine Liebe.

Behram.

Verblendete! Du zeihest mich der Lüge?
Und glaubst dem Heuchler nur, weil er Dir schmeichelt!
Erwache jetzt aus Deinem Liebestraum,
Denk' an die Mutter, wie die Edle starb.

(Hocherregt.)

Du reichst die Hand dem Sohne ihres Mörders!

Sira.

Ist Khosrav schuld an diesem blut'gen Frevel?

Behram
(in steigendem Affect).

Doch seine Züge gleichen dem Verruchten, —
Sein wildes Blut tobt auch in seinen Adern.
Dir graut nicht, wenn Du ihm in's Auge blickst,
Wenn Dich der Falsche in die Arme schließt?
Der Kuß, den er auf Deine Lippen drückt,
Will Dich nur täuschen über seinen Haß.
Er sinnt auf Rache, — will den Dolch des Vaters,
Der Deine Mutter traf, in's Herz mir stoßen.

Sira.
Der König grollt nicht dem besiegten Feinde
Und hat vergessen, was der Prinz erlitten.

Behram.
Du sollst dem Wahne nicht zum Opfer fallen.
Nimm Abschied von der Waldesquelle. Komm'!
Noch können wir das Nachbarland erreichen,
Dem Rachedurst des Feindes uns entziehen.
Du kennst die Waldespfade, führe mich.

Sira.
Ich bleibe hier, bis Menon wiederkehrt.

Behram.
Erwart' ihn nicht, er trennte sich von mir.

Sira.
Du hast auch ihn verbannt, weil er mich liebt?
Doch er verläßt nicht seine Enkelin.

Behram
(forschend).

Du weißt, wohin er sich begab?

Sira
(ruhig).

Zum König.

Behram.

Ihr habt Euch Beide gegen mich verbündet.
Ihr wollt jetzt mich, den Flüchtigen, verrathen.
(Er zieht seinen Dolch.)
Das sollt Ihr Beide nicht. Zeig' mir den Weg.

Sira
(ruhig hinweisend).

Der Pfad, den Rosenbüsche dicht umschließen,
Führt Dich in's fremde Land hinab.

Behram
(streng).

Du bleibst?

Sira
(flehend).

Verweile, Menon kommt gewiß zu uns.

Behram.

Ich will ihn nicht mehr sehen. (Er erfaßt sie.) Geh' voran.

Sira
(entschlossen).

Ich gehe nicht mit Dir.

Behram.

Du trotzest mir?

Sira.
Wenn es der König will, dann folg' ich Dir.

Behram
(höchst aufgeregt).
So sollst Du Menon's Botschaft nicht mehr hören,
Nicht sehen, wie sie mich in Fesseln legen.
(Er zückt auf sie den Dolch, tritt aber wieder zurück, als er ihr in das Antlitz blickt.)
(Für sich.) O welch' ein Blick! So traf er mich, als Gorda,
Das edle Weib, an's Herz mir sterbend sank. —
(Erregt.) Doch hätte es mich nie dem Feind verrathen! —
(Zu Sira.) Du mußt mir folgen!

Sira
(entsetzt).
Nimmermehr! —

Behram.
So stirb!
(Er will sie erstechen, doch sie entflieht und fällt Khosrav, der mit Bindui und Menon auftritt, zu Füßen.)

Sira.
Mein Herr und König, schütze mich vor ihm!

Khosrav
(sie erhebend).
Du hast mit Todesmuth den Stahl des Mörders
Von meinem Herzen abgewehrt, — an ihm
(Er drückt Sira an sich.)
Geliebte, sollst Du jetzt — und immer ruhen.
(Zu Behram.) Wozu willst Du sie zwingen?

Behram
(steckt den Dolch in den Gürtel und zieht das Schwert).
Dich zu fliehen.

Khosrav.
Dein König steht vor Dir. Steck' ein das Schwert.

Behram.
Noch hat Dein heißes Blut es nicht geröthet.

Sira
(flehend).
Besiege Deinen Haß.

Behram
(will auf sie eindringen).
Wenn Du ihm folgst,
Dann trifft des Vaters Fluch Dich im Palaste.
Es wird die heil'ge Flamme dort erlöschen,
Der Klageruf der Magier verkünden,
Daß sie der Gott des Lichtes nicht entzündet.

Khosrav
(stellt sich ihm mit dem Schwert entgegen).
Du hast Dein Vaterrecht auf sie verwirkt.
Der Dolch, den Du in's Herz ihr stoßen wolltest,
Zerriß das zarte Band der Kindesliebe.

Behram.
In Deinen Armen aber soll sie nicht
Vergessen, daß sie Deine Sklavin ist, —
Daß Du die Krone ihres Vaters trägst.

Bindui
(tritt vor).

Laß' den Verwegenen in Ketten legen.

Khosrav.

Der König könnte für den Schimpf sich rächen, —
Der Liebende verzeiht ihn dem Besiegten.
(Zu Behram.) Zieh' hin des Weges.

Behram.
Nimmer ohne sie! —

Khosrav.

Sie steht in meinem Schutz.

Behram.
So stirb für sie!
(Sie kreuzen die Waffen.)

Sira
(will Khosrav zurückhalten).

Du bist des Todes, wenn sein Stahl Dich ritzt,
Die Spitze seines Schwertes ist vergiftet!

Menon
(stürzt aus dem Dickicht hervor).

(Zu Behram.) Du kämpftest für die Freiheit nicht — für Dich!
Du willst Dein Kind auch Deinem Hasse opfern? —
Du sollst es nicht.
(Er ersticht Behram von rückwärts und entflieht in den Wald.)

Behram
(fällt tödtlich getroffen).

So muß ich enden!

Sira
(kniet bei ihm nieder).

Vater!

Behram.

Hinweg, Verrätherin! —

Sira.

Laß Dich versöhnen
Durch uns're treue Liebe.

Behram
(sterbend).

Fluch dem Khosrav!

Sira
(im größten Schmerze).

Ich hab' Dich nicht verrathen! Segne mich! —
Sein Auge bricht, — er hat mir nicht verziehen!

Khosrav
(erhebt sich).

Gebiete Deinem Schmerze. Komm' zur Quelle,
Du bist ermattet. Labe Dich, Du Theure!

Sira
(innig).

Wo wir uns sahen und uns wiederfanden.

Khosrav.

Wohl ist verwelkt die Rose, die dort blühte
Und ich Dir pflückte, — meine Liebe aber
Schwand wie die schöne' Rose nicht dahin.

(Er will sie zur Quelle geleiten. Vardan kommt mit Kriegern.)

Vardan.
Der Brand im Walde greift um sich. Enteilet!

Khosrav.
Wer schleuderte die Fackel in den Wald?

Vardan.
Die Krieger Zaven's zündeten ihn an.

Khosrav
(für sich).
Er ist der Herrscher!
(Zaven kommt in Eile.)

Zaven.
Fliehet aus dem Walde.
(Er ist überrascht, als er den König und Sira erblickt.)

Khosrav
(tritt zu Zaven).
Du kommst zu spät, die Flammen zu ersticken.
Doch Sira ist aus ihnen jetzt gerettet.
(Auf Sira zeigend.)
Verneige Dich vor Deiner Königin!
(Er führt Sira fort. Alle folgen.)

Zaven
(unmuthig).
Wir wollten durch die Griechin ihn beherrschen, —
Jetzt aber müssen Beiden wir gehorchen. (Er geht ab.)
(Die Gluth röthet den Wald, man sieht im Mittelgrunde Baumstämme fallen. Menon stürzt herbei.)

Menon.

Ich bin umschlossen von dem Flammenmeer
Und kann dem Feuertod nicht mehr entrinnen.
Sie ist beglückt, — ich kann nun ruhig sterben.
(Er tritt an die Leiche Behram's.)
Befreit ist auch das Reich von dem Thrannen! —
(Es fällt ein Baumstamm und er stürzt tödtlich getroffen an der Leiche Behram's nieder.)

Der Vorhang fällt.